集英社オレンジ文庫

ソルティ・ブラッド

―狭間の火―

毛利志生子

本書は書き下ろしです。

Contents

ソルティ・ブラッド SALTY BLOOD
狭 間 の 火

毛 利 志 生 子

1

車から降りた瞬間に、強い寒気を感じ、アリスは小さく身を震わせた。さすがに市内よりもずっと寒い――と思ったが、直後に、ここも市内だ、と思い直した。

しかし、辺鄙《へんぴ》な場所ではある。京都《きょうと》市に含まれるとはいえ、中心地から山ひとつ隔てた山科《やましな》区の中でも、さらに深く山中に踏み込むような場所なのだ。

とはいえ、目の前にある建物は立派だった。鉄製の大きな門扉を備えた正門の先には、和洋折衷《せっちゅう》の建築様式の髄《ずい》を極めたような木造の洋館があり、左右にはレンガ造りの建物が並ぶ。日が暮れているために細部はよく見えないが、花をかたどった外灯が白い石畳の歩道を照らし、訪れる者を正門からは見えない敷地の深部までいざなうかのようだった。

もっとも、石畳の歩道は、正門から三方に伸びている。

アリスは、正門脇にたたずむ警備員に尋ねた。

「すみません。京都府警本部の宇佐木《うさき》と申しますが、火災の通報を受けてまいりました。現場は、どちらでしょうか？」

暗色の防寒用ジャンパーを着こみ、石像のように直立していた警備員は、やにわにアリスに目を向け、日焼けした顔に焦りの色を浮かべた。

「失礼しました。その…、学生さんかと思いまして…」

「いいんです」

アリスは苦笑した。

齢《よわい》二十三歳。身長一四六センチ。やや童顔とくれば、いかにもそれらしいパンツスーツを着ていようが、革のローヒールパンプスを履いていようが、刑事には見えまい――と思う。

人によっては、大学生とも思わないかもしれない。その点、警備員の発言は思いやりに満ちていた。

いや――当然か、とアリスは思い直した。

ここは大学なのだから、そのくらいの年ごろの男女がいれば、とりあえず学生か、と考えるのは自然なことなのかもしれない。

敬明《けいめい》芸術大学――この大学の一室で、火災が起きたという通報を受けたのは、およそ一時間前のことだった。

そのとき、アリスは帰り支度をしていた。ひさしぶりに苦戦した書類をなんとか書きあげて、相棒兼指導役の片平《かたひら》から合格点をもらい、上七軒《かみしちけん》の小料理屋『うきくも』で一杯やらないか、と誘われたところだった。

『うきくも』は、女将《おかみ》の作るおばんざいが絶品で、しかも店に常備された各地の地酒は百種類以上。十一月も半《なか》ばまで過ぎ、寒さと熱燗《あつかん》が身に沁《し》みるころとあって、アリスの心は浮き立ったのだ——が、浮かれた気持ちは、一本の電話に吹き飛ばされた。

電話をかけてきたのは、京都府消防局の調査員、大森《おおもり》だった。敬明芸術大学の構内で火災が起き、放火の疑いがあるので来てほしい、との内容だった。

アリスは、片平とともに車で駆けつけた。

正門正面に臨む、木造の洋館の壁に取り付けられた時計は、午後九時五分を指していた。

「火事があったのは、あちらの建物です」

警備員が右手——アリスたちから見れば左手を示した。

「ここからだと、手前の建物が邪魔になって見えませんが、あちらに進んでいただければ、すぐわかります」

「はい。ありがとうございました」

アリスは警備員に礼を言い、すこし遅れて車から降りてきた片平と一緒に、示された方向に向かって歩きはじめた。

構内に入るとすぐ、建物の配置などを確認しつつ、周囲の様子にも気を配る。

放火は、他の犯罪に比べて、犯人が現場に居残る確率が圧倒的に高い。愉快犯的犯行であるならば、火が燃え上がり、野次馬が騒ぐ様子を見て楽しもうとする。怨恨や保険金詐《さ》欺《ぎ》などの場合は、自分の目で結果を確かめようとする。

放火は、火をつけた犯人自身にさえ、結果が予測できない。

警備員の言ったとおり、左手にあるレンガ造りの大きな建物を回り込むと、縦に細長い、小さな建物を囲む形で、三台ほどの消防車両が停まり、あちこちに配された大型の投光器が、煌々《こうこう》たる光で宵《よい》の闇に流れる煙と集まった野次馬を照らしていた。

――こんな時間なのに…。

学生が多い、とアリスは思った。

直後、一人の少年に視線を吸い寄せられた。

まるで、モノクロームの写真の中で、そこだけ色がついているかのようだ。

その少年は、人垣を作る野次馬の中に埋もれるように立っていた。アリスほどではないが、かなり小柄で、中学生くらいの年齢に見える。サイドを短めに刈りこみ、トップを長めに残した髪型で、襟元《えりもと》にボアのついた茶色い革のジャンパーを着ていた。

「宇佐木さん？」

片平に名を呼ばれ、アリスは、はっとした。

いつのまにか足を止めて、少年を凝視していたのだ。

しかし、アリスが現実に立ち戻った次の瞬間には、視線の先から少年の姿は消えていた。

──あの子…。

「宇佐木さん、どうかしましたか？」

片平は、半身で振り返り、額が禿《は》げあがりかけた卵型の顔に、心配そうな表情を浮かべていた。

さもありなん、と思い、アリスは笑みを浮かべて答える。

「なんでもありません」

完全に意識が現実に立ち戻れば、野次馬との距離は遠く、個々の容姿や服装を細かく把握するのはむずかしい状況だ。

だが、少年の姿が、アリスには見えたのだ。

少年の姿が、その表情に至るまではっきりと認識できた。

こういうことは、ときどき起こる。人や場所に奇妙な『ひっかかり』を感じたり、特定の人物に視線をひきつけられたり、なにかに呼ばれたような錯覚が生じる。

いわゆる第六感──なのかもしれない。

けれども、この感覚に従い、行動を起こせば、たいてい面倒に巻き込まれた。視線を引かれた相手が指名手配されている人物だったり、足を向けた先で殺されそうになっている女性を目撃したり、ひき逃げにあった老人が血まみれになって道路に倒れていたりした。

さいわい、アリスが遭遇した事件や事故の関係者は、全員が一命をとりとめた。この事実に関しては、アリスも喜ばしく思う。

とはいえ、正直なところ、そんな事件や事故には関わりたくなかった。非日常的な現場の最初の目撃者になるのは、とんでもなく精神的な負担が大きい。

しかも、この奇妙な能力のせいで、大学時代には、『オカルトちゃん』という不本意なあだ名をつけられた。さらに、警察に就職してからは、事件が身近にあるという環境が災いしてか、そうした事態に遭遇する確率が格段に上がっていた。

だから――アリスは少年に向いた意識をねじふせたのだ。

彼に目が留まったのは偶然だ。たんに大学生らしからぬ年ごろの者がいたから、気になってしまっただけだ――。

アリスは強く自分に言い聞かせ、消防車の周りを忙しく行き来する消防士のあいだをすり抜けて、建物に近づく片平を追いかけた。

片平の視線の先では、青い作業着姿の消防士が二人、書類を見ながら何事かを話し合っている。

「大森さん」

片平が呼びかけると、二人のうち、小柄で細身な女性の消防士が左手を上げた。女性消防士――大森は細い指で書類を指しながら、それまで話をしていた中年の消防士になにがしかの指示を出すと、アリスたちのほうを向き直り、細面《ほそおもて》の美しい顔に笑みを宿した。

「意外と早い到着だったわね」

「放火の疑いあり、と聞いたのですが」

目礼での挨拶《あいさつ》ののち、片平が疑問をぶつけると、大森は真顔でうなずいた。片平が口にした疑問は、そのままアリスの疑問でもあったから、アリスは大森の返答に意識を集中させた。

大森は、消防士の中でも、火災原因ならびに火災損害の調査を専門的に行う火災調査員だ。出火時から消防士に同行し、実際の消火活動に携わりながら、証拠の保全に努め、出火点を割り出し、火が出た原因を明らかにする。

アリスは、京都府警察本部刑事部捜査一課火災犯捜査二係特別班に赴任してわずか三カ月余《ま》ではあるが、これまでにも各署の調査員と同じ現場に入り、彼らのすぐれた仕事ぶりを目の当たりにしてきた。

だが、今回ほど早い時点で、放火だと断定されることは珍しい。例外は、火をつけた犯人が目撃されていたり、その場で取り押さえられたりしている場合だけだが、そういう雰囲気も感じられなかった。

大森が親指で背後にある建物の出入口を指した。

「細かい説明は中でするわ。現場を見たほうが、わかりやすいと思うから」

そう言って、近くに停めてあった車の助手席からヘルメットを取り出し、アリスと片平に手渡す。片平が受け取ったヘルメットをかぶり、顎紐《あごひも》をしっかりとめた。アリスも片平に倣《なら》い、懐中電灯を手にした大森に続いて建物の中に入った。

建物の中は暗かった。一時的に電源が落されているのだ。

大森が照らす明かりを頼りに、アリスたちは階段を最上階の四階まで上り、廊下の突き当たりに位置する北側の部屋に向かった。

廊下を歩いている最中、アリスは二度ほど唾《つば》を呑《の》み、下腹に力を入れて覚悟を固めた。自分が置かれているポジションからして、死人が出ていないことは容易に想像できたが、それでも火災の現場は独特だ。これまでにも何度か火事の現場に入り、真っ黒に炭化した部屋などを見てきた。その日常とはかけ離れた光景は、目にするだけで抑えがたい恐怖を感じさせるものだった。

しかし、今回は、アリスの覚悟も空振りだった。

大きく開いたドアの向こうには、火災の痕跡《こんせき》を示しつつも、日常からは逸脱しない光景が広がっていた。

隅に立てられた投光器が照らす部屋の広さは、およそ二十畳。

室内には、たしかに炎に舐《な》められた痕跡は残っていたが、焼けた範囲は、ごく一部に限られており、放水の量も少なかった。

焼けているのは、部屋の中央に、向かい合う形で置かれた二つの大型の事務机のうち、出入口から遠い位置にある机だけだった。

しかも、机の上だけが激しく焼けている。

炎は、障害物や風がない場合、上に向かって立ち上がるため、天井の一部に放射状の煤《すす》が広がっている。けれども、床はほとんど無傷で、焼けた机の下半分も、本来の色と形状を保っていた。

空気中には異臭があった。

「……ガソリン…？」

つぶやいたアリスに、大森がうなずいた。

「分析はまだだけど、まちがいないでしょうね。これが、放火と断定した最大の理由よ。だれかが、机の上にガソリンを溜めて、火をつけた」

「…溜めて？」

アリスが首をかしげると、大森はまたうなずいた。

「机の上の燃え方の激しさを考えると、それなりの量のガソリンが使われたはずだわ。でも、床には、…ううん、机の脚の部分にも、ほとんど被害が及んでいない。…ほら、見て」

大森が手にしていた懐中電灯で、机の上を照らした。

「かなり炭化してるけど、大きな輪のようなものが見えるでしょう？　これは、おそらく本のようなものを丸く並べて、ガソリンを受ける囲いを作った跡だと思うの。気化したガソリンは空気よりも重いから。液体だから当然流れるし、無防備に机の上にまいたら、もっと床にも被害が出るわ。それに、火をつけた人物も危険にさらされる。足許に火が走ってズボンや靴に引火することがあるからね。…でも、いまのところ、火傷《やけど》をした人は見つかっていないのよ。…犯人は『うまくやった』のね」

大森が、作業服の胸ポケットから手帳を取り出し、内容を読み上げはじめた。

「火災の通報が入ったのは、午後七時二十六分。通報者は大学勤務の警備員。詰所にある火災報知機の作動を知らせるランプが点滅したため、すぐに電話で通報してきた。消防の到着は、通報から四分後だったわ。そのとき、この部屋のドアは全開だった。火は、すでに小さくなっていたようよ。机は、見たところスチール製のようだし、実際の燃えだねが少なかったんでしょうね。消火方法は噴霧《ふんむ》注水。おかげで残骸《ざんがい》がとてもきれいに残ったわ」

大森が机の上の黒焦げになった残骸を指し、言葉を継いだ。

「到着時にも、当然行ったことだけど、鎮火《ちんか》後、もう一度、検索をかけた。学校施設は、やはり一般の住宅とちがって、思いがけない見落としがあるかもしれないからね」

それは許されないことだ、と大森の表情が語っていた。火災において、検索と呼ばれる『逃げ遅れた人』の捜索は、消火と同じくらい、消防にとって重要な職務だった。

片平がうなずき、問いを発した。

「他に、火が出た場所はなかったんですか？」

「この建物内では、ないわ」

「検索の結果は？」

「開始時には、完全に無人だった。つまり、消防が到着する前に、建物内にいた人は全員、避難したということね。…犯人も逃げた」

「…防犯カメラの映像をチェックしなければいけませんね。まあ、窓から逃げたという可能性もありますが」

それはないわ、と大森が即座に否定した。

「再検索をかけたとき、施錠《せじょう》の有無も調べさせたのよ。そうしたら、建物内に出入りできるドアは二カ所のみで、窓の鍵《かぎ》も、ほとんど閉まっていたらしいわ。窓の鍵が開いていたのは、ただ一カ所」

大森が、小さく指を動かしてアリスたちを窓際に招き、壁面に触れないように注意をうながしてから、窓の鍵に懐中電灯の明かりを向けた。

引っかけタイプの鍵は、たしかに外れていた。

しかし、窓自体は閉まっている。

窓の外は、山に面していて、忍び込むにはよさそうなロケーションだ。けれども、建物の壁面は、かなりフラットな造りで、つかまれる場所がなかった。

「…屋上からロープを垂らしていた、とか？」

アリスのつぶやきに、大森が失笑した。

「消火活動中に犯人がロープを回収していたら、私たちも気づいたと思うけど」

「…そうですよね、すみません」

アリスは顔を赤らめて詫《わ》びた。そこに助け船のように片平が言った。

「しかし、時間が遅い割に、野次馬の数が多かったですね」

ああ…、とつぶやいて、大森が表情を弛《ゆる》めた。

「いまは卒業制作の時期だから、講義のあとに大学に残って作業する学生が多いらしいわ。美術関係の卒業制作は、場所や道具の関係で、構内でなければできないことが多いそうよ」

「野次馬から話を聞きましたか？」

「それは、まだ。…でも、所轄《しょかつ》から小平《こだいら》さんと塚原《つかはら》さんが来ていて、もう動いているから下に行きましょうか、と大森が言った。

アリスたちが建物を出るのと同時に、年季の入ったコートの裾《すそ》をひるがえしながら、スーツ姿の男が二人、駆け寄ってきた。

一人は、五十代半ばと思《おぼ》しき恰幅《かっぷく》のいい男で、もう一人は、三十代後半と思しき中背の痩《や》せた男だった。恰幅のいい男は小平、中背の男は塚原と名乗り、ひとしきり世間話を交えた挨拶を交わす。会話の主導権を握ったのは、塚原のほうだった。彼はまず、敬明芸術大学には府が指定した文化財が複数あり、小火《ぼや》でも府警本部に連絡しなければならなかったのだ、と言い訳めいたことを言って謝罪した。それから、やにわに手帳を取り出し、かき集めたばかりの情報を披露しはじめた。

「火災があったのは、十二号館と呼ばれる建物です。通称『彫刻棟』と呼ばれ、彫刻に関する講義や制作のために、五年ほど前に造られたものなんだそうです。四階建てで、一階は大型の炉《ろ》が設置された制作室のみ、二階は作業室が二部屋、三階は倉庫と資料室、講義に使われる小教室がひとつ、四階は倉庫、展示室、講師控室の三室があるとのことでした。火が出たのは、四階の講師控室なんですが、こちらの現在の使用者は、鏑木《かぶらぎ》成人《なるひと》と白崎《しらさき》ゆかり。どちらも、同大学の講師です」

鏑木成人――。

この名前を耳にした瞬間、アリスはどこかで聞いた名前だと思った。

片平や大森も同様らしく、皆がいっせいに首をかしげる。

「鏑木って…」

大森のつぶやきに、塚原がにやりと笑った。

「彫刻家ですよ。夏前に、海外の有名な公募展で大きな賞をもらい、夏ごろには、よくワイドショーや週刊誌に取り上げられていました。最初は、日本人初とか、最年少とか、受賞ネタだったんですけど、親族が金持ちぞろいだったせいで、途中から『華麗なる一族』

ネタになりました。おかげで、オレみたいな芸術にうとい人間も名前を知っています」

ちなみに、と塚原が言い添える。

「事務員に確かめたんですが、どうやら放火されたのは、その鏑木先生の机らしいです。…といっても、講義に必要なものを置いたり、空き時間に本を読んだりするためだけに使われていたそうですけどね」

「どうりで物が少ないと思いました」

片平が納得したようにうなずき、質問を重ねた。

「出火時に当人はいたんですか？」

「いいえ。不在です。高校のときの恩師が還暦《かんれき》だかなんだかで祝いの会があり、午後から東京に行っているとか」

「もうひと方の、白崎さんは？」

「こちらも出火時には不在ですね。報知機が鳴るすこし前に、正門あたりで見かけた、と警備員が言っていましたから、引き返していれば野次馬の中にいるかもしれませんけど。…どちらにしても、実況見分は明日になりますし、事務室のほうから連絡してもらえるように頼んでおきました。ついでに、大学関係者に聴取するためのアポを入れて、この建物の防犯カメラの映像ももらってきたんですが、片平さんたち、どっちかやりますか？」

すみませんね、と小平が、いささかあわてた口調で執り成した。

「うちもいま、連続放火を二件抱えているもので」

片平は、まったく気にする様子もなく、おっとりとした調子で応じた。

「じゃあ、大学関係者の聴取を担当しましょう。パソコンの扱いにうといもので、映像のチェックには時間がかかってしまいます」

わかりました、と小平がうなずき、大森に問いを向けた。

「鑑識はどうしますかね？」

「そうね。片平さんたちが、明日の朝からまた来るのなら、そのときに本部から連れてきてもらえばいいんじゃない？　こちらは、それまでに初期調査を終わらせるわ。……洗いをかけるから、たぶん指紋は飛んじゃって、鑑識さんはおもしろくないだろうけど」

「それは、しかたありませんよ」

片平が笑った。小平と塚原もゆるく笑った。

洗いとは、文字どおり、現場に残された品や現場そのものを洗い、付着した煤や異物を取り除くことだ。もちろん、それ以前に、火災発生直後の状態は入念にチェックする。ただ、煤などを落とさなければ、見つからない傷などもある。そうした傷が、出火時の状況や経緯を教えてくれることも少なくない。

「じゃあ、いったんは解散ね」

お疲れさまでした、と大森がねぎらいの言葉をかけた。

アリスたちは、これから現場を調べるであろう大森に、深々と頭を下げる。

そして、現場に背を向けた直後、片平が小平に尋ねた。

「現場のドアは、火災時から開いていたんですよね？」

小平が、まいった、と言いたげな顔で応じる。

「そうです。片平さんも、やっぱり気になりましたか。あの控室は、角部屋で、しかも窓は山に面しています。しかし、燃やす目的なら、ドアを閉めておけば、かなりの惨状《さんじょう》になったはずです。しかし、犯人はそうしなかった、…ということは、つまり火は早く消し止めてほしかった、ということかもしれません。…ガソリンを使っていますから、たんに退路を確保するためだったのかもしれませんが、…放火は目的ではなく手段だ、という可能性もあるわけです」

2

玄関のドアを開けたとたん、熱気が押し寄せてきた。

アリスは目を細め、ぬけるように青い空を見上げた。

玄関先にわずかな木陰《こかげ》を作るトネリコの木に集まった蟬《せみ》が、耳のしびれるような声で鳴いていた。

『ああ、うるさい。いやになるわね』

アリスに続いて外に出てきた母が、目の上に手をかざしてつぶやいた。だが、言葉こそ苛立ちを表しているものの、その顔は笑みに満ちている。

アリスには、母の上機嫌の理由がよくわかっていた。

仕事で外国に行っている父が、ひさしぶりに帰ってくるからだ。

似たような理由で、アリスの顔からも笑みが絶えなかった。

アリスの父は、小さな貿易会社を経営している。その関係で、一年のほとんどを海外で過ごす。帰国するのは、年に二、三度。それも、一週間や十日といった短期間だけだった。

その貴重な時間が、今回は、偶然にもアリスの夏休みに重なった。これは、千載一遇《せんざいいちぐう》のチャンスだった。もちろん、日本にいるあいだも、父は仕事をするから、いつも一緒にいるというわけにはいかないが、それでも一度や二度は、プールなり遊園地なりに出かける機会があるだろう。朝夕の食事は一緒にとれるかもしれない。夜は、地下の防音ルームで、秋の発表会に向けてアリスが懸命《けんめい》に練習してきたバイオリンを聞いてくれるかもしれなかった。

しかも、父が家にいるあいだは、母も仕事をセーブする。

今日は、その初日で、一緒に空港まで父を出迎えに行くのだ。

だから、アリスも笑っていた。

水ぶくれができるのではないか、と危ぶまれるほどの熱気が全身を包んでも、耳がしびれるような蟬しぐれを浴びても、浮き立つ心だけですべてが解決できるような気になっていた。

けれども、玄関のドアに鍵《かぎ》をかけている母に先んじ、道路へと続く階段を降りかけた直後、帽子をかぶっていないことに気づいた瞬間には、さすがに顔から笑みが消えた。

あっ、と小さく声を上げ、両手で頭を押さえて、急いできびすを返す。

駆け戻ってきたアリスを見て、玄関のドアに鍵をかけ終えたばかりの母が、怪訝《けげん》そうな視線を向けてきた。

『どうしたの？』

『帽子、忘れた。とってくる』

『早くしてね。タクシーが来ちゃうから』

アリスはうなずき、母が閉めた玄関の鍵を開けて、家の中に飛び込んだ。

外出用の帽子は、玄関の端に置かれたポールに掛けてある。その帽子をつかんで、家の外に飛び出し、ふたたび玄関の鍵をかけた。あわてているせいか手が滑り、いつもよりも時間がかかってしまった。

『ああん、もう!!』

アリスは愚痴《ぐち》をもらし、玄関前の小さな庭へと視線を巡らせた。

庭には、もう母の姿はなかった。

アリスは大急ぎで階段を駆け降りた。

階段下には、道路に出るための小さな格子戸がある。その格子戸は、家を囲うように造られた塀につけられた、駐車場に入るためのシャッターの一部で、リモコンで開閉するタイプのものだった。

ところが、その格子戸も閉まっている。

視線を巡らせても、駐車場内には母の姿はない。格子戸を開閉するリモコンは母だけが持っているのだ。

『お母さん!!』

アリスは、いささか苛立ちながら母を呼んだ。

応えはなかった。やはり先に道路へ出たのだろう。

だが、なぜ格子戸を閉めたのか?

『お母さんってば！』

ふざけているのかと思い、アリスは笑いを含んだ声で怒鳴り、熱い空気に熱せられた格子戸に顔を押し当てて外を見た。

熱気に揺らめく道路に、足があった。

淡いクリームのパンプスを履いた母の足だ。

その足は、靴裏を上にしていた。

――なに…?

どくん、とアリスの心臓が大きく拍動した。

予想では、母がおどけた顔を覗かせるはずだったのだ。

けれども、そこには足がある。

ありうべからざる状態の足が――。

アリスの耳の奥で奇妙な音が響いた。その音を無視して、アリスは格子戸をつかみ、両手で力いっぱい揺すった。

『お母さん!!』

返事はない。

蝉が激しく鳴き、耳鳴りがするけれど、視界には、母の両足と熱気に揺らめく道路があるだけだ。

アリスは、きびすを返し、駐車場の奥へと走り込んだ。右端にあるドアを開けると、外部に面さない形で作られた庭に出る。その庭を横切り、さらに奥へと進むと、母が倒れているのとは反対側の道に出る細い通路があった。

よく整備されたイングリッシュガーデンとは、すこし趣《おもむき》の異なる通路には、家政婦のトミさんがネギやパセリを植えている。パセリは、白い花をつけ、その花の上をオレンジ色の小さな蝶《ちょう》が二匹、くるくるとダンスを踊るような動きで舞っていた。

なぜだろう――。

アリスは、とても急いでいたのだ。周囲を見る余裕などなかった。それなのに、にょきにょきと伸びたネギや、パセリの白い花、オレンジ色の蝶が目の端に焼き付けられた。

通路の先には、またも鉄の扉があった。外部からの侵入を阻む、外壁に嵌《は》めこまれた頑丈な扉だ。

こちらの扉には、内側にしか鍵がない。

アリスは鍵を外し、扉を開けて外に出た。熱せられたアスファルトを踏むと、ゴムの焼けるような嫌なにおいと同時に、それまでに感じていたよりも強い熱気が足許から立ち昇ってきた。

吐きそうだった。

その感覚を無視して、アリスは駆けた。

母がいるはずの場所に向かって駆けた。

一つ目の角を曲がったとき、悲鳴が聞こえた。

体に電流が走ったような感覚が生じ、足ががくがくした。

こんなふうに、自分の体をコントロールできなくなるのははじめてだった。まるで、他人の体を使って、必死に走っているようだ。

そうだ、とアリスは合点した。この感覚は夢に似ている。夢の中では、自分の体を他人の体のように動かしにくいと感じることがある――。

そんなふうに、頭の隅で考えながらも、アリスは二つ目の角を曲がった。

目の前には、熱気に揺らめく道路が伸びている。

その先に、ライトグレーの麻のワンピースを着て、ボレロ風の上着を羽織《はお》った母が倒れている。

うつぶせになっているらしく、ゆるいウェーブのかかった長い髪が、アスファルトの上に広がっていた。

母の体の下には、大きな赤黒い水たまりがあった。水たまりは、昼下がりの日差しを受けて、てらてらと不気味に光っている。

母のそばには、黒いダックスフントを抱いた女性が立っていた。ピンクのボーダー柄のポロシャツにクリーム色のスラックス、両腕に白くて長い日焼け防止の腕ぬき《アームカバー》をつけ、つばの広いコットン地の帽子をかぶっている。女性は、硬直した様子で母の体を見下ろしていたが、ふいに甲高《かんだか》い悲鳴を上げた。

アリスは、びくっとした。

だが、おかげで自分の足が止まっていることに気がついた。

ふたたび駆けだしても、ぎくしゃくとした違和感は消えなかったが、なんとか母のそばまで走り寄る。

『お母さん！』

アリスは身をかがめ、母の背中に触れた。

母の背中は、驚くほど熱かった。

おそらくは、強い日差しに炙《あぶ》られたせいだ。

こんな場所に倒れていたら、あっというまに熱中症になってしまう。

起こさなくては――!!

『お母さん！』

アリスは、母の体を引き起こそうとした。

直後、後ろから強く肩を押さえられた。

『だめだ、動かしては！』

振り向くと、黒く平たい帽子をかぶったワイシャツ姿の小太りの男が立っていた。帽子には、金色の桜のマークがついている。男の背後には、黒くてピカピカの車が停まっていた。

男は、いつもアリスの母が使うタクシー会社の運転手のようだった。

『すぐに救急車を呼ぶから』

むっちりとした黒いズボンのポケットから携帯電話を取り出し、男は手早くボタンを押した。コールの音が三度、アリスの耳にも聞こえた。そして、状況を尋ねる女性の声――。

ドウシマシタカ？

バショヲオシエテクダサイ。

その声は、はっきりと聞こえるのに、感覚が現実から遠ざかる。目の前に倒れている母が、まるでドラマの一シーンのように知覚され、現実味がない。

恐怖もない。

悲しみもない。

焦りもない。

すべての感情が麻痺《まひ》している。

夢を見ているようだった。

それも、とびきりの悪夢だ。

しかし――。

実際は、悪夢のはじまりにすぎなかった。


目を開くと、薄闇の向こうに白っぽい『面』が見えた。それが天井だと気づくのに、たっぷり十五秒を要した。

深く息を吐いて体を起こすと、全身が汗びっしょりだ。

アリスは、汗に濡れた前髪を掻《か》きあげ、もう一度、息をついた。

母が亡くなった日の夢を見たのはひさしぶりだ。おそらく、事件に関係する事柄を調べた際、激しく腹をたてたからだろう。

昨夜、現場から帰宅したアリスは、敬明《けいめい》芸術大学のこと、鏑木《かぶらぎ》成人《なるひと》のこと、白崎《しらさき》ゆかりのことをインターネットで調べた。捜査対象となり得る場所と人々の基本情報を得ておきたかったのだ。

大学の概要については、大学のホームページで調べることができた。

ホームページには、教授と准教授、講師のプロフィールが顔写真付きで公開されていた。

その中には、鏑木成人と白崎ゆかりの写真もあった。

鏑木は、あばたの多い、四角い顔の青年だった。全体的に色素が薄い体質なのか、髪は赤茶けていて、瞳も茶色い。もしかすると、近しい先祖に外国の人がいるのかもしれない。

本人は、明るい性格らしく、くったくない笑顔で写真に写っていた。鏑木の写真の横には、彼の経歴が記され、その下には、作品の写真が二点、添えられていた。

ひとつは『洋梨』、もうひとつは『手』だ。

作品は、艶《つや》を帯びたブロンズで作られていた。荒くナイフで削られたような外観を持つ、それでいて見事にリアリティを感じさせる洋梨と、やわらかく組み合わされた一対《いっつい》の手。

どちらも、芸術にうといアリスにさえ、言葉で表しにくい感慨を与える作品だった。

とくに、『手』には惹きつけられた。

その造形から、相対する相手の手を思わせる。女性の手だ、とアリスは感じた。若くて瑞々《みずみず》しい、その手を見る者に好意を抱かせる優しい手だった。

鏑木の恋人の手だろうか、と微笑《ほほえ》ましい気持ちで考え、アリスは大学のホームページを離れて、『鏑木成人』で検索をかけた。

しかし、これが失敗だった。

ヒット数は意外に多く、彼が受賞したという公募展の記事をいくつか読むことができたが、下世話な記事も山ほど出てきた。

大半は、鏑木が資産家の息子である、という記事だった。

他にも、小学生のころは、どこの私立に通い、なにを習っていたかを、写真付きで公開しているサイトもあった。当然のように、中学、高校、大学時代の記事もあり、中には、過去の交際相手や、師事した彫刻家、従兄弟《いとこ》の経歴にまで言及したものもあった。

アリスは、記事を読んでいるうちに、怒りで気分が悪くなってきた。

彫刻家・鏑木成人の経歴や作品以外は、ほとんどが個人情報に類するものだ。百歩ゆずって、友人が学生時代の笑えるエピソードを公開したり、鏑木の受賞に対する喜びをつづったりすることは許容のうちだろう。

けれども、資産家の息子であるとか。外交官の甥《おい》であるとか。伯母《おば》が複数のマンションを所有しているとか――。

無関係な人間が、本人の許可なく開示していい情報ではなかった。

だが、実際には、自分には関係のない他人の家庭環境や内情、人間関係をほじくり返し、自分の手柄でもないのに自慢げに開示する輩《やから》が、インターネットの中にはひしめいていた。

彼らは疑わないのだろうか？　自分たちの書き並べた事柄が、鏑木本人を不快にさせ、あるいは危険にさらす可能性があることを。同じことをされたとき、アリスは不快を覚え、実害も被った。

アリスの母親は、アリスが十歳のときに、路上で刺し殺されたのだ。それから、ほどなく、インターネットには、母についての記載が現れた。

そのうちに、書き込みの内容は、アリスたち家族の構成や年齢、家の場所まで特定したものになってきた。

当時のアリスは、怒りに加えて、知らないだれかに見張られているような不安と緊張を強く感じていた。父親が貿易会社を経営し、かなりの資産家であることを、本来ならば知るはずもない相手に知られ、誘拐のターゲットにもされかけた。

そのときの犯人は捕まり、刑務所に入ったけれど、無用な情報をインターネットに垂れ流した人々は、罪に問われることもなかった。

母の死を、センセーショナルなニュースとして広めた人々も。そのニュースを目にして、評論家よろしく無責任な感想と憶測を書きつづった人々も。

もしも、目にしただけで相手を殺せる毒が、ウイルスとして送られるならば、それがほしい、と当時のアリスは願った。

とはいえ、昨夜は、無責任につづられた鏑木の記事を、アリスも見た。

その事実も、気分の悪さに拍車をかけたので、白崎ゆかりのプロフィールは、腰を据えてチェックできなかった。

もっとも、大学のホームページには、経歴などは記されておらず、ただ名前と色彩学臨時講師とだけ記されていた。写真には、二十代後半と思《おぼ》しき女性が写っていた。細いあごと長いまつげが印象的な色白の女性で、西洋の人形のような巻き髪を胸に垂らしていた。


府警本部に出勤したアリスは、片平《かたひら》、鑑識の辻村《つじむら》とともに、敬明芸術大学に向かった。昨夜、所轄《しょかつ》の小平《こだいら》たちと打ち合わせしたように、大学の経営陣から聴取をするためだ。現場に向かう辻村と別れ、事務員の案内を受けて事務棟の上階にある応接間に入ったアリスと片平は、まず学長と対面した。

大学創設者のひ孫にあたるという女性の学長は、放火という不祥事を嘆きながらも、アリスたちの質問にはてきぱきと答え、大学側が放火に結びつくような脅迫などはいっさい受けておらず、個人的にも今回の放火の原因に心当たりがないことを明らかにした。

続いて聴取した理事長も、理事の面々も同様だった。

鏑木個人についての質問でも、とくにトラブルを認識している者はいなかった。

ただ、最後に聴取した事務長だけは、学長たちとは異なる大学の内実を教えてくれた。

もちろん、大学や鏑木に関するトラブルは知らない、と答えたが、一方で、白崎についても詳しく語ったのだ。

「白崎先生には困っているんですよ」

経営陣の一人、と目《もく》されてもおかしくないほど仕立てのいい三つ揃いのスーツに身を包み、長めの髪をきれいに撫でつけた四十代前半と思しき事務長は、知的な雰囲気の漂う黒ぶちの眼鏡を拭きつつ息をついた。

「なんと言いますか、雄犬の尻を追う雌犬《めすいぬ》のような方なのです」

「雌犬…？」

問題のある発言だ、とアリスが顔をしかめると、事務長はまた息をついた。

「失敬。…こういう言い方もセクハラになりますか。…パワハラかな。まあ、どちらでも問題ですが、一言で白崎先生の性格を説明するには、わかりやすい言い方かと思います」

三度目の息をつき、事務長は眼鏡をかけた。

「ご存じかとは思いますが、白崎先生は臨時講師でいらっしゃいましてね。いわば、一年契約の『先生』です。実は、新年度の講義がはじまってすぐ、色彩学の先生に御不幸がありまして、六月の頭から急きょ、契約させていただいた方なのです。それで、本棟の講師控室に白崎先生の机を用意できるまで、応急的な処置で鏑木先生と同じ控室に入っていただいたわけなんですよ。そのときは、若松《わかまつ》先生という、塑像《そぞう》作成を担当する助手の先生も同室でいらしたもので。…ところが、この若松先生が出産のために、しばらく休まれることになりまして、六月末からこっち、部屋を替えろ、と白崎先生がうるさく要求なさいまして。まあ、こちらとしても、白崎先生の気持ちはわからなくもありませんし、…組織的セクハラなどと騒がれても面倒ですので、夏季休暇に入る三日前、早急に新しい机を用意したわけです。しかし、夏季休暇のあいだに、鏑木先生が大きな賞を受賞なさり、くだらない週刊誌やワイドショーのせいで資産家だと世間に知られ、休みが明けてみれば、白崎先生の態度は百八十度変わっていました。つまり、自分の机は、鏑木先生と同じ部屋にあってもいい、と――」

「それは、…玉《たま》の輿《こし》を狙っておられる、ということですか？」

アリスが言葉に迷いつつ尋ねると、事務長は苦笑をこぼした。

「まさしく、そうです。これで、鏑木先生がはっきりお断りになると、問題もすっきり片づいたんでしょうけれど、アプローチを受けた当の鏑木先生は、自分が迫られている自覚がないらしく、どうせ荷物置き場だから白崎先生の好きにすればいい、という態度でして」

「…おおらかな方なんですね」

「すこし…、なんと言いますか、天然？　そういう感じの方ではあります。それに、これも、警察の方なら、もう調べていらっしゃると思いますが、鏑木先生には婚約中の女性がいらっしゃるんですよ。先日、市内のレストランで婚約披露のパーティーが開かれた、と聞いています」

「事務長さんも出席を？」

「いいえ、私には声がかかりませんでした。ただ、事務員や教員の中には、何人か招かれた人がいるようですよ」

「白崎さんは？」

「招かれていた、と聞いています」

きっぱりと言い切った直後、事務長はふいに声を低め、いささか歯切れの悪い口調で続けた。

「放火の犯人は白崎先生、ということはありませんかね？」

「…現時点では、なんとも申し上げられませんが。…なにかお心当たりが？」

アリスが身を乗り出すと、事務長は肩を落とした。

「心当たりはありません。けれど、鏑木先生に対する態度でも明らかなのですが、白崎先生は…裕福な伴侶を捕まえることが第一の目的でいらっしゃるようで、講義の内容も、学生の評判も、あまりよくないんです。…中途半端な時期に急いで採用したとはいえ、いい加減なことをされると、大学の評判に関わるんですが…。解雇の理由には該当しませんし。これで白崎先生が犯人ならば、問題なく解雇できるのに、と思ったものですから」

ふーっ、と音をたてて、事務長は腹の底から息をついた。

アリスは、事務長の弁が、捜査の役に立つのかどうかには疑問を抱いたが、雇用主サイドの人間に、これほど言われるような状態に自分を置きながら、なお大学に出勤し続けている白崎の心臓の強さは理解できた気がした。

——でも、火が出たときには、白崎さんは不在だったのよね。

とにかく、聴取は終了だ。最後にアリスは、事務長に別の質問を向けた。

「ところで、鏑木さんは大学にいらっしゃいましたか？　昨夜は、東京に行っていらっしゃる、と聞いたのですが」

ああ、と事務長は沈痛な面持《おもも》ちを捨て、明るい顔で答えた。

「連絡が取れたそうです。午後一時ごろ、大学にいらっしゃるようですよ」

「白崎さんは？」

アリスが重ねた問いに、また事務長の顔が険しくなった。

「白崎先生には連絡が取れない、と聞いています。…さすがに、無断で欠勤なさったことはありませんし、明日は講義がありますので、連絡が取れなくても大学にはいらっしゃると思うのですが…」

「お二人が、…いえ、お一人ずつでもかまいませんので、お見えになったら、この番号に連絡をいただけますか？」

アリスは、携帯電話の番号を書いた紙を事務長に渡した。直後に、片平が事務長に尋ねた。

「構内に、部外者が食事できる場所がありますかね？　ちょうど昼時なので、食事をとりながら鏑木さんと白崎さんを待ちたいと思うのですが」

「でしたら、構内のいちばん奥にあるカフェがお勧めですよ。大学の創設者が、この場所を別荘として使っていたときからある建物を使っていて、とても趣があります。ランチもリーズナブルでおいしいと評判ですよ」


事務長お勧めのカフェは、聴取を行った事務棟を出て、正門に面した広場を横切り、レンガ造りの大きな建物を三つ、回り込んだ先にあった。木造の古い二階建ての洋館で、とつぜん現れた感のある小庭園に囲まれている。洋館の外観は、懐古《かいこ》的な情緒にあふれていた。

洋館の一階のサンルームらしき部分は、張り出した円筒状に造られていた。木製の窓枠を備えた縦長い窓が、細かく半円を描くような形に配されている。脇にカフェの入口があった。

ステンドグラスをあしらった木製のドアを開けて中に入ると、艶《つや》やかに磨き上げられた木製の床に配された、さまざまな形のテーブルに、三割ほど客がついていた。

入口の右手奥にある、イギリスの古いパブにあるようなカウンターの中では、明るい色の髪をひとつに結んだ若い女性がコーヒーを淹《い》れている。女性は、カウンターの中から「お好きな席にどうぞ」と声をかけてきた。

アリスたちは、窓際の席につき、水を運んできたウェイトレスにランチを注文した。ランチは三種類あり、アリスは『本日のパスタ』を、片平はワンプレートランチを選んだ。ほどなく運ばれてきた料理は、彩りも鮮やかで美味だった。

アリスたちが食事をしていると、携帯電話に大森から連絡が入った。アリスはカフェの外に出て大森と話した。大森は、鑑識の指紋採取を含み、すべての現場での作業が終わったので、できるだけ早い時間に実況見分をしたいと言う。アリスは、まだ鏑木が来校しておらず、白崎とは連絡がつかないと伝えた。すると、大森は落胆を示し、しばらく悩んでいる様子だったが、アリスたちが構内のカフェで昼食をとっていると知ると、自分もそちらに行くと言って電話を切った。

大森からの電話が切れてすぐに、今度は所轄の塚原《つかはら》から電話があった。塚原と小平も、いま構内におり、カフェに向かうという。

およそ五分後、昨夜と同じ面子《めんつ》がカフェに集まった。

消防の作業服ではなく、クリーム色のモヘアのセーターにジーンズ姿で現れた大森は、注文を取りに来たウェイトレスにカフェオレを頼んだ。

しかし、塚原と小平は、アリスと同じ『本日のパスタ』を注文した。

「話が終わってからにしなさいよ」

大森が呆れたように注意すると、塚原は頭を掻きながら言い訳した。

「急いでいるもので。三十分後から、学生に聴取するんですよ。今朝一で、大森さんから初期調査の報告書をいただきましたからね。発火時間を操作した痕跡《こんせき》がない、ということでしたし、消防の検索にひっかかった人間もいませんでしたから、とりあえず消防への通報の十分前から消防が到着するまでの時間に、映像に写っていた人間をピックアップしたんです」

「へえ。何人いたの？」

「全部で二十八人でした。この二十八人については、『彫刻棟』に入った時間も確認してあります。中に二人、事務員らしき人物がいたので、その二人には、ピックアップした人たちの呼び出しを頼むとき、事情を聞いてあります。昨日の六時ごろから、佐々木《ささき》というアルバイトの学生と三人で、三階の倉庫の片づけをしていたそうです」

「じゃあ、容疑者は二十五人に減ったわけ？」

大森の問いに、塚原は首を横に振った。

「それが、二十五人のうち、十九人は一階の制作室にいたらしいんですよ。ちょうど、事務室で学生の指導をしていたという教授と会いましてね。火災報知機が鳴ったとき、学生は全員、炉《ろ》の前にいた、と言われまして。…まあ、裏をとる必要はあるんですけどね」

「…残りは六人ね」

「ところが、六人のうち、三人は二階の作業室にいたようなんです。火災報知機が鳴って、事務員たちが二階に降りたとき、作業室から出てきたところを見ています。倉庫の片づけをしていたとはいえ、だれかが常に廊下に出ているような状態だったそうで、二階にいた三人は四階に上がっていないということでした」

「残りの三人は?」

「この三人は、火災報知機が鳴ったとき、四階の展示室にいたようですね。三階にいた事務員の岸《きし》という女性が、四階に上がっていく三人と言葉を交わしています。…岸さんの話によれば、火災報知機が鳴ってから消防が到着するまでのわずかな時間に、建物内にいた人の避難が完了したのは、この三人が大騒ぎしながら階段を駆け降りたからだ、ということでした」

「…その三人は、現時点での重要参考人ね」

「はあ…、まあ、そうなんですけどね」

塚原は、気乗りしない様子で同意した。

大森は顔をしかめ、塚原に尋ねた。

「部屋の主たちは? 昨日は不在と聞いたけど、カメラに写っていた?」

「ええ。それは確認しました。…えーと、白崎さんは火災報知機が鳴る十五分前に、『彫刻棟』から出ています。大学関係者に確認はとっていませんが、ホームページで調べた写真と同じ顔だったんで、まあ、まちがいはないでしょう」

「『彫刻棟』に入った時間は?」

「出る五分前です。…なにか置きに行った、という感じでしょうね」

「鏑木さんは?」

「写っていませんでした。そもそも借りだした映像が、通報の三時間前からのものでしたからね」

むう、と鼻を鳴らして大森が腕を組んだ。塚原が大森に問い返した。

「朝一にいただいた報告書の他に、午前中の鑑識活動で新しい事実は出なかったんですか?」

「出たわよ。…っていうか、よくわからないんだけどね」

大森は身をかがめ、足許に置いていた鞄《かばん》からファイルを取り出し、A四サイズの紙を抜きだして、アリスたちの前に示した。

紙に印刷されているのは、拡大された写真だった。銀の輝きを帯びた白い背景の中に、図案化された花が、葉や蔓《つる》と思しきものと一緒に配されている。

アリスたちは一様に首をかしげた。片平が問いを発した。

「これは、なんです?」

「写真よ。本物は、もっと小さくてね。いわゆる八枚切りサイズの普通の写真なの。それが一枚だけドアに貼ってあったわ」

「…控室のドアは、内開きでしたよね？」

「ええ。これは、ドアの内側に貼ってあったの。昨夜、片平さんたちも見たと思うけど、火が出たとき、部屋のドアが全開にしてあったでしょう？　ご丁寧に、フックで固定してあった。だから、写真もまったく無傷で、すこし煤がついたくらいだった。写真を貼り付けるのに使ったテープも、ごく新しいものでね。もしかしたら、放火犯が残していったものじゃないか、と思ったわけ」

この大森の意見に、片平がうなずきながらも反論した。

「しかし、鏑木さんか白崎さんが貼ったものかもしれませんよ」

そうなのよね、と大森がテーブルに頬杖をついて息を吐いた。

「ぜんぜん関係ないものかもしれないのよね。だから、鏑木さんたちに確認してもらう必要があるわ。実況見分の前に、焼かれた机の中身を確認してもらうから、そのときに一緒に聞こうと思っているんだけど、片平さんたちのほうで確認する？」

「それは――」

片平が答えかけたとき、またアリスの携帯電話が鳴った。店の外に出て電話を受ける。今度は、事務長からで、鏑木が来校したのでカフェに向かわせたという。

アリスは礼を言って電話を切った。

店の中に戻ると、塚原と小平は食事の真っ最中だった。アリスは、大森にも食事をとるように勧め、自身は鏑木への聴取に備えて、片平と打ち合わせをした。

二十代半《なか》ばの男性が、人を探すようなそぶりでカフェに入ってきたとき、アリスはすぐにその男性が鏑木だと気づいた。

顔が、大学のホームページで確認した写真と、まったく同じだったのだ。

もっとも、顔から想像していたよりも背が低く、重みを感じさせる体型だった。

アリスは、さっと立ち上がり、鏑木に向かってお辞儀《じぎ》した。

鏑木は、体格に似合わない軽やかな足取りで、アリスたちがいるテーブルまで歩いてきた。

「どうも。お世話になります。鏑木成人です」

鏑木は丁寧に挨拶《あいさつ》し、片平とアリスに名刺を差し出した。

アリスたちは名刺を受け取り、ともに警察バッジを示した。

「私は片平、こちらは宇佐木《うさき》といいます。京都府警察本部の刑事部に所属しています」

「刑事さんですか。放火は、刑事さんのお仕事なんですね」

鏑木が妙なところに感心し、何度も納得したようにうなずいた。

片平が苦笑し、まあ、どうぞ、と鏑木に着席をうながした。

三人が、それぞれの席に着くと、すぐにウェイトレスがやってきて、テーブルの上の皿を片づけてくれた。鏑木がロイヤルミルクティーを注文した。

お食事は？　と片平が尋ねた。

朝食が遅かったので、と鏑木は恥ずかしそうに答えた。

「昨夜は、恩師の還暦《かんれき》祝いのパーティーで、つい羽目を外してしまいまして…。大学事務所からの電話に気づいたのは、今朝も遅くなってからでした。急いで新幹線に飛び乗りましたが、車内でも爆睡してしまって、降りたころに腹が減って…。実は、山科《やましな》駅で立ち食いそばを食べてきたんです」

「では、出先から直接、こちらに来られたんですか？」

「はい。私の机に火をつけられたと聞いたので、連絡を受けてからは気になって…」

「お察しします」

片平がうなずきで同情を示し、聴取を開始した。

「昨日は、何時ごろに控室を出られましたか？」

「四時ごろです」

「鏑木さんは現在、どなたかとトラブルを抱えていらっしゃいませんか？　脅迫などを受けている、ということは？」

この質問に、鏑木は驚いたような顔で目を瞬《またた》いた。

「ありません」

「恨みを買っているという感覚も？」

「ありませんよ。…学生に対してものを教える立場にありますから、思ったよりも悪い成績をつけられたとか、作品に対する私の助言が気に入らなかったとか、そういう感情を持たれている可能性は否定しませんが、とくに反抗的な態度をとる学生はいません」

ただ――、と鏑木が言いにくそうに続ける。

「気になることはあるんです。実は私、彫刻の賞をいただいて、週刊誌に取り上げられたことがあるんですが、そのとき、…結婚を申しこむ手紙を何通か、もらったんです」

この告白に、今度は片平が目を瞬いた。

「結婚ですか？」

ええ、と鏑木が顔を赤らめてうなずいた。

「私の親戚は、…ちょっとした名士が多いんです。私がいま住んでいる家も、外交官をしている伯父《おじ》の家で、かなり立派なんです。その家のアトリエで雑誌の取材などがあったのですが、関係ない部分まで撮影して雑誌に載せた出版社がありまして…。そういう記事を読んだ人たちが、誤解したんだと思います」

「鏑木さんと結婚すれば、玉の輿に乗れると考えたわけですね」

片平の指摘に、鏑木はもともと赤かった顔を、ますます赤らめた。

「…もちろん、本気ではないと思います。私には婚約したばかりの女性がいますし、週刊誌には、婚約のことも書いてありましたから」

それでも、婚約者のことが心配になったのか、鏑木は顔を曇《くも》らせた。

「そこは目に入っていないのかもしれません。あるいは、自分のほうがあなたにふさわしい女だと思ったか。一面識もない相手に求婚するような人たちですからね。独特の考え方をする可能性もありますよ。…求婚の手紙は、まだ手元にお持ちですか？」

片平がゆるい笑みを浮かべ、鏑木の不安を助長した。

「…いいえ。住所のわかるものは送り返しました。わからないものは、処分しました」

すみません、と鏑木が小さく詫《わ》びて頭を下げた。

片平が、今度は同意を示した。

「お気持ちはわかります。ただ、そういう女性たちが、今回の放火に関わっているとは考えにくいですね。ストーカーの攻撃の対象として、大学に置かれた鏑木さんの机は、ご本人から距離がありすぎます。もちろん、貴重な情報として参考にさせていただきますが、…婚約者の方には、なにも被害はありませんでしたか？」

「…そういう話は聞いていませんが」

「求婚の手紙が来たことは伝えてありますか？」

「はい。…あまり言いたくなかったんですが、いちおう」

「失礼ですが、婚約者のお名前を教えていただけますか？　いまのところ、その予定はありませんが、ご本人にもお話をうかがうことがあるかもしれませんので」

「わかりました。婚約者は、高橋結花《たかはしゆか》さんといいます。住所は――」

アリスは、鏑木が口にした婚約者の住所を手帳に書き取った。片平が身を乗り出すようにして、指先でテーブルをつついた。

「これから、ここに消防の調査員が同席します。調査員は、机の中にあった物の写真とリストを持ってきますから、チェックしていただけますか？」

「ええ、それは…。…ですが、机は焼けたのではないんですか？」

「はい。ですから、写真に写っている物も、…ほとんどが真っ黒になっているか、変形していると思います。しかし、…昨夜のような規模の火災では、物が完全に『消えて』しまうことは、まずないようです。金属はもちろん、紙でも木でも灰が残ります」

片平の説明に、アリスもうなずいた。以前は、消防士は火を消すのが仕事だと思っていた。そして、火災現場に取り残された人を助ける――。

しかし、火災を専門に扱う部署に配属され、消防の仕事を間近に見るようになって、自分が狭いイメージだけで消防を捉えていたことに気づかされた。

彼らは、火を消すだけでも、現場に取り残された人を助けるだけでもない。目の前で起こっている火災の詳細を読み解き、必要最低限の放水で火を消し止めようと努力する。

それは、火災の原因を明らかにし、被害と加害の程度を明確にし、同じような火災が起きないように啓発していくためだ。

消防には、「未然に防ぐ」という意識が強い。この点は、警察も見習うべきだ、とアリスは何度となく思わされていた。

「大森さん」

片平が、別の席で書類を読んでいた大森に声をかけた。大森は、なめらかな動きで立ち上がり、大きな鞄を持ってアリスたちのテーブルに移動してきた。

「大森と申します。今回の火災を担当させていただいています。さっそくですが、この紙に、鏑木先生が机の中に入れていらっしゃったものを書き出していただけますか？　ファイルが何冊とか、ボールペンが何本とか、できればメーカーも」

大森が席に着くやいなや、A四サイズの白い紙を鏑木の前に差し出した。鏑木は、わかりました、と答え、自分の鞄から取り出したペンを使って書き出しはじめた。

その速度は、アリスが想像していたよりも、ずっと速かった。

「…だいたい、こんなものだと思います」

鏑木が、書き込みを終えた紙を大森に返した。大森は紙を受け取ると、抱えていた書類の束からプリントアウトした写真を十数枚抜き出し、双方を照らし合わせた。

「鏑木さん。ライターは四個でまちがいありませんか？」

「ええ。…たぶん。昨日の講義で、学生に…。うん、まちがいありません」

「そうですか。…他は、ボールペンが三本、サインペンが二本、鉛筆が四本、と。消しゴム、練り消しゴム、鉛筆削り、コンパス。…記憶力のいい方ですね」

大森の声が笑いをまとった。鏑木は照れくさそうに口許を弛《ゆる》めた。

「気に入った物ばかり使ってしまうので、ほとんどの物を持ち歩いているんですよ。自宅でも使いますから」

「でも、ノートパソコンは引き出しの中に残していらっしゃった」

「昨日は、とくに荷物が多かったので…」

「重いですものね」

大森がうなずき、またぶつぶつとつぶやきながら照合を続けた。

「CD-ROMが五枚。USBメモリが二つ。パソコンのアダプタ。…扇子《せんす》。……現金十五万円。これは、どんな状態でしたか?」

大森の声が、追及の響きを帯びた。鏑木はよどみなく答えた。

「封筒に入っていました。茶色い、よくある封筒です」

「その封筒は、何段目の引き出しに?」

「いちばん下です。パソコンの横に、立て掛けるような形で入れました」

鏑木が答えると、大森は一瞬、片平のほうを見た。その動きだけで、封筒がなくなっていたのだ、とアリスにも理解できた。

大森が、鏑木にたたみかけた。

「その封筒を、本当は持って帰った、ということはありませんか?」

「ありません。封筒は、たしかにいちばん下の引き出しに入れました。学生から集めた教材の代金で、今日の午後、業者に渡すことになっていたんです」

「ですが、大金を控室に残しておかれることを、危ないとは思われなかったんですか?」

大森の問いかけに、鏑木が首をかしげた。

「思いませんでした。構内で盗みを働く学生はいませんし、机に鍵もかかります。当然、部屋のドアにも鍵をかけます。それが規則です」

「…規則?」

「そうです。教員に課せられた規則のひとつです。…控室を使用する教員は、学内にいる場合にも、控室を空ける際にはかならず施錠《せじよう》すること。この規則に関しては、かなり気をつけています。私の研究室には、一階に置いてある炉を起動させる鍵や、製作過程で使う薬品を保管したロッカーの鍵などが置いてあります。これは、…その、盗難なんかとちがって、学生がかるい気持ちで持ち出してしまう危険があると考えていましたから」

「昨日は、どうでしたか?」

「ドアの鍵ですか? 四時に退校するとき、たしかに閉めました。…昨日は、鍵を閉めた直後に携帯に電話がかかってきて、ドアの前ですこし話したので、電話を切ってからもう一度、ノブを回してみたんです。だから、閉め忘れたということはありません」

でも、とアリスは心の中で反駁《はんばく》した。

火災が起きたとき、研究室のドアは『大きく』開いていたのだ。

「鏑木さんの控室は、白崎さんという方と同室ですよね？　白崎さんはどうでしょうか？

昨日はかけ忘れた、ということはありませんか？」

この問いに、鏑木はかすかに眉を寄せた。

「白崎先生は、…かけ忘れたかもしれません。私が控室を出たとき、白崎先生の荷物はなかったので、学内にいらっしゃったかどうかもわかりませんが」

「控室の鍵は、だれが持っていらっしゃるんですか？」

「私と白崎先生。それに、警備員さんと、…事務室にもあると思いますよ」

「…大学の関係者なら、けっこうだれでも出入りが自由なんですね」

「そういうことになりますね」

鏑木が控えめに笑い、大森に詫びた。

「すみませんでした。大森さんが心配なさったとおり、控室に現金を置いておくのは、あまりよくないですね」

「ええ、本当に」

大森が真顔でうなずき、鏑木が心配そうな顔になった。

「もしかして、現金がなくなっていたんですか?」

大森が、また片平に視線を投げた。片平はうなずき、大森が言った。

「おっしゃるとおりです。昨日の火災のあと、机の中にある物を調べましたが、現金も封筒もなかったんです」

「焼けてしまった、ということは?」

「ありません。これを見てください。机の中を写した写真です」

大森が、書類の束から引き出した大判の写真を一枚、鏑木の前に示した。鏑木が写真を凝視した。アリスも横から覗きこんだ。

引き出しを開いた状態で写された写真には、パソコンとファイルが三冊、写っていた。どちらも黒く汚れ、パソコンは一部が溶けている。ファイルの背表紙は焦げていた。そして、どちらも濡れていた。けれども、それだけだった。どちらも完全に原型を残し、丹念に掃除をすれば、まだ使うことさえできそうだった。

「…ほとんど焼けていませんね」

鏑木がつぶやき、大森がうなずいた。

「火勢は強かったのですが、火元が机の上でしたし、引き出しの中までは火が回らなかったようです。この状態ならば、封筒に入った現金が燃え尽きることは、まずありません」

だが、引き出しの中に封筒はなかった——。

しばらく写真を凝視していた鏑木が、顔をしかめて尋ねた。

「これは、…窃盗事件なんですか？」

片平が涼しい顔で答えた。

「その可能性もあります。しかし、怨恨による放火である可能性もあります。愉快犯かもしれません。たまたま鏑木さんの机が選ばれただけで、放火をした人物は、大学に恨みや要求があるのかもしれません」

「…もしかして、私も疑われていますか？」

鏑木の問いに、片平が首をかしげた。

「なぜ、そう思われるんですか？」

「だって、鍵のかかった引き出しからお金がなくなったんだから、普通に考えて、いちばん怪しいのは、机の持ち主でしょう」

ここで、また大森が片平に視線を送り、うなずきを得て鏑木の懸念を否定した。

「引き出しの鍵は壊されていました」

「え…っ!?」

鏑木が頓狂《とんきょう》な声を上げた。大森は、落ち着いた声でくり返した。

「鍵は壊されていたんです。…鏑木さんの机の鍵は、引き出し部分から薄い板状の鉄板が出て、机本体の穴に差し込まれる構造でした。その鉄板が、すっぱりと切断されたような状態で折れていたんです。これは、よほど強い力で引き出しを開けたか、特殊な工具で焼き切ったものと思われます」

「え…と、…それは、じゃあ……」

鏑木が結論を出そうとし、言葉に詰まった。当然だ、とアリスも思った。

アリス自身も、かるい混乱を覚えていた。引き出しの鍵については初耳だ。大森が口にした新しい情報は、引き出しの中に保管されていた現金が、プロ、もしくはプロに準ずる技術を持った人間に盗まれた可能性があることを示唆《しさ》している。しかし、その人物は、なぜ引き出しの中に現金があることを知っていたのか。そもそも窃盗が目的なら、なぜ転売を見込めるパソコンを持ち去らなかったのか。

「…結局、どういうことなんでしょうか?」

鏑木がさじを投げた。片平が微笑んだ。

「それを知るために、こうしてお話を聞いているんです。鏑木さんのおかげで、机の中に現金があり、それがなくなっていたことがわかりました。事件を解決するためのパーツが増えたんです。…問題は、私たちが、どんなパーツを探すべきなのか、はっきり理解していない点にあるのですが…」

うまい言い方をする、とアリスは感心した。

これから、アリスたちは、他の関係者の話を聞き、個々人の主張と『目に見える事実』

をすりあわせていかなければならない。

「…たいへんなんですね」

鏑木がぽつりとつぶやいた。アリスたちが反射的に、疑問のこもった視線を投げると、鏑木はうっすらと頬を染めた。

「よくテレビの二時間ドラマで、刑事さんが出てくるものがあるじゃないですか。そういうのは、都合よく物事がつながっていきますが、実際は地道でたいへんなんだな、と…」

「まあ…、仕事ですからね」

片平が苦笑すると、鏑木は真顔に戻ってうなずいた。

「これからは、もっと現金の扱いに気をつけます」

そこかい、とアリスは叫びたくなった。鏑木は言葉遣《づか》いも丁寧で、態度も真摯《しんし》だが、全体的にどこかずれたところがあるようだった。

片平も、アリスと同じ感想を持ったようで、口許をほころばせながら最後の質問をする。

「鏑木さん。もうひとつ」

「なんですか?」

「控室のドアに、写真を貼っていましたか?」

「いいえ。ドアには、なにも貼ってありませんでしたよ」

「そうですか。…これなんですが」

片平が、大森から受け取った写真の拡大版を、鏑木の眼前に示す。

あれ…？　とつぶやいて、鏑木が眉をしかめた。

「この写真…、…どこかで見たことがあります」

でも、と鏑木が言葉を続けた。

「…見たことがある…と思うんです…が、どこで見たのかが思い出せないんです」


夕刻、アリスと片平は本部に引き上げた。

白崎に連絡がつかなかったため、塚原たちの聴取を手伝いながら待ってみたものの、結局、実況見分は明日に持ち越された。

防犯カメラに写っていた学生たちへの聴取では、さしたる成果は得られなかった。大森の調査に基づき、火災報知機が鳴った前後に『彫刻棟』を出た人々に狙いを絞ったものの、互いに顔見知りの学生や職員ばかりで、しかも建物自体が小さいため、大半のアリバイが確保される結果になったのだ。

唯一、疑いを残したのは、出火時に四階の展示室にいたという三人の女子学生だった。

けれども、彼女たちを聴取した小平は、首を横に振りながら言った。

「どうも、しっくりきませんねぇ」

彼女たちが犯人である可能性はあった。ただ、現時点では、まだ状況が可能性を示すだけで、犯行に至る背景も見えなければ、動機もつかめない。

もちろん、彼女たちが犯人ではない可能性も、大いに残されていた。

塚原たちは、三人の詳細を当たる、と言い置いて所轄署に引き上げた。アリスたちも同様に、本部に戻ったが、当面の仕事は大学の放火事件に関する書類書きだった。

とにかく警察は書類仕事が多いのだ。

こんなものまで、と赴任以来、アリスは何度も思ったが、勝手に省略するわけにもいかない。

そもそも、テレビの刑事ドラマとちがって、捜査会議などはないのだから、大勢の人が関わり、ときには担当が代わり、最悪の場合、未解決で幕引きされる事件もあることを考えれば、万事を書類で残すのは、とても良心的な対応かもしれなかった。

午後七時、当面必要な書類を書き終え、片平とコーヒーを飲んでいると、鑑識の辻村がやってきた。

辻村は、三十代半ばの痩せた男で、『おたく』というあだ名で呼ばれている。いわゆるKYで、周囲の状況に頓着しない。いつでも大声を出すし、どこでも調べ物をはじめるという、筋金入りの変わり者だが、鑑識としての仕事の確かさと手腕は、一目置かれていた。

辻村は、右手に鷲《わし》づかみしたクリアファイルを振りながら、片平に歩み寄った。

「今日の鑑識の結果です」

「早いですね。助かります」

片平が笑顔でファイルを受け取った。辻村は、やや不満そうに顔をしかめた。

「大森さんが根こそぎにしていましたから。あまり調べる場所が残っていませんでした」

「でも、指紋を採ったんでしょう？　どうでしたか？」

「たくさん出ました。けど、白崎さんという方の指紋は採っていませんし、そもそも指紋採取の必要があるとは思いませんね」

「なぜ、そう思うんですか？」

「火災が起きた部屋の窓を除いて、窓から出入りした痕跡がないからです」

「…あの部屋の窓には、出入りした痕跡があるんですか？」

片平が声を低めた。辻村は変わりない口調で肯定した。

「はい。あの窓の外側には、窓と壁の接合部にゴミが入るのを防ぐため、窓枠と同じ素材で作られた、小さな板状の塵《ちり》よけがつけられています。他の窓の塵よけは全部、うっすらと土埃《つちぼこり》が積もった状態でしたが、鍵のかかっていなかった窓だけ、その塵よけに手でこすったような跡があったんです」

これです、と辻村は片平の手から、いったん渡したファイルを奪い取り、一枚の写真を示してみせた。

アリスは、吸い寄せられるように辻村の手元を覗きこんだ。

写真には、たしかに辻村が説明したとおりのものが写っていた。

「これ…、指の跡…ですよね？」

アリスはだれにともなく問いかけた。その言葉に、めずらしく辻村が応じた。

「でも…、ここからは指紋が採れなかったんです。それに、あの建物の外壁は、すごくフラットな造りになっていて、足をかける場所がありません。壁面は垂直。つまり、まっすぐな壁に窓がついていた。窓の距離は遠く、塵よけも幅が数センチしかないような代物でした。…仮に、放火をした犯人が、この塵よけに手をかけ、自分の体勢をコントロールしたとしても、下まで降りる方法がないんです。ロープなどを使ったわけでもなさそうですし、よほど身軽な子供か、ロッククライマーでもなければ、窓からの出入りは現実には不可能でしょうね」

辻村が、顔をゆがめて笑った。もし、放火の犯人が窓から逃げたなら、その人物は人間ではありえなかった。


白く、やわらかな喉《のど》に牙を沈めると、熱い液体が口中に流れ込んできた。

その液体は、甘かった。

まるで天上の甘露《かんろ》のようだ。

そう考えた直後、青年は自分の考えを嗤《わら》った。

天上の甘露がいかなるものか、本当はまったく知らない。

だが、いま飲んでいるもの——彼女の血には、それだけの価値があった。

その美味は、抑えがたく青年のくちびるに笑みを刻ませる。

青年は、彼女や仲間のキャバ嬢が、美しく盛られたフルーツや唐揚げをつまみ、おいしいと笑い合っている姿を思い出した。

おそらく、美味に対する感覚は、人間も自分たちも変わりないのだ。

ただ、美味を感じる対象がちがうだけ——。

青年が離れると、彼女はベッドの上に仰向けになり、眠りはじめた。ふっくらとした頰には至福の笑みが浮かび、かすかに青ざめた顔にも苦痛の色はない。

青年は、ベッドサイドのソファに腰かけ、感覚だけで時間を計りはじめた。その一方で、昨日の放火について考える。

全般的には、うまくいった。警察は、犯人を割り出すことができないはずだ。青年は、人間には不可能な方法を用いて『彫刻棟』に入り、このうえなく手際よく鏑木の机を燃やしたのだから——。

しかし、気がかりも二つほどあった。

ひとつは、白崎ゆかりに見られたかもしれないということ。

もうひとつは、子供のように小柄な女刑事と目が合ったこと。

――問題はないと思うが…。

気をつけておかなければ、と青年は自分に言い聞かせる。

犯罪行為にアクシデントはつきものだ。肝心なのは、アクシデントにも対応できる柔軟性で、青年には人間にない特殊な能力がたくさんあった。だが、常にそれを使える状況になるとは限らない。

「あーあ、めんどくせー…」

青年は頭を掻き、眠る彼女の肩に手をかけた。

彼女の血を飲んでから、きっかり一時間。完全ではないものの、失われた血が補われ、動き出すのに不都合のない状態まで回復しているはずだった。

「おい、起きろよ。時間だぞ」

青年が呼びかけると、彼女は目をこすり、ゆっくりと起きあがった。

「んー…。あたし、寝ちゃったの…?」

「そう。聞いたこともないアニソンを熱唱したあとに」

青年の言葉に、彼女は、あはは、と声をたてて笑った。

「ちぃちゃんが見てるんだよ。保育所で流行《はや》ってるんだって」

「ふうん。…そろそろ時間だぞ。かわいい娘のために働けよ」

「あー、もうそんな時間?」

彼女が立ち上がり、ベッドの脇に置かれた鏡を覗きこんだ。お世辞にも美人とは言えないが、キャバクラで働く彼女にとって、外見は大事な商売道具なのだろう。

「化粧すんだろ？　おれは先に出るわ」

「えー、同伴してくれないの？」

さほど怒ったふうもなく、子供のように頬を膨らませる彼女に、青年は財布から抜き出した一万円札を二枚、手渡した。

「今日はムリ。悪いな。これで飯でも食ってけよ」

彼女は札を受け取り、両手で押しいただく真似をした。

「ありがとー。…だけど、そんなに急いで、どこに行くの？」

「おれも、お仕事」

じゃあな、とかるく右手を上げて、青年はホテルの部屋を出た。

3

事件の二日後。

アリスは、不安を抱えて家を出た。

今日こそは実況見分を行うべく、ふたたび敬明《けいめい》芸術大学に行く予定だったが、昨夜も今朝も白崎《しらさき》に連絡が取れたという知らせは入らなかった。

もしかすると、今日も空振りに終わるかもしれない。

——いやいや、事務長さんの評価は散々だったけど、いままで講義は無断で休んだことがないというし…。

きっと大丈夫、とアリスは自分に言い聞かせた。そして、弱気を振り払い、自分に活《かつ》を入れるため、足を止めて、ぐんと両腕を上に伸ばした。

直後に、背後から強い衝撃を受け、前倒しに道路に転がった。膝《ひざ》と両手を強打し、わけがわからないままに顔を上げると、黒っぽいジャンパーを着た男の背中が、猛スピードで遠ざかるのが見えた。

男の手には、つい先刻までアリスの肩に掛けられていた鞄《かばん》が握られている。

「ど、泥棒…!!」

アリスは力ない声で叫び、よろよろと立ち上がった。

心の中は、焦りと後悔でいっぱいだった。

アリスが暮らすマンションの周囲には民家が少ない。市内にしては規模の大きな寺院が建ち並び、道路沿いには延々と寺院の高い塀が続いているのだ。しかも、駅とは逆の方向に進むため、出勤時にも人影は少ない。たまに、犬を連れた女性や老夫婦が散歩している程度の道だ。

そういうところが気に入って、アリスも朝は三駅分を歩いて本部に向かうのだが、明るい時間なので、すっかり油断しきっていた。

だが、鞄の中には、財布やマンションの鍵《かぎ》、携帯電話の他に、放火事件の資料が入っている。それが何よりもアリスをあわてさせた。

事件の資料は、基本的に本部からの持ち出しが禁止されている。とはいえ、関係者から聞いた話を書き留めたメモや、携帯電話に記録した関係者の電話番号までを置いてくるのは不可能なのだ。それを一般市民——否《いな》、犯罪者の目にさらすわけにはいかない。

「待って…。いいえ、待て…!!」

馬鹿じゃないの、とアリスは自分を軽蔑《けいべつ》した。制止の言い方など、どうでもいい。どちらにしても、相手は止まらないのだから。

実際に、アリスの鞄をひったくった相手は、軽やかな足取りで駆け、路地を曲がって姿を消した。

――早く捕まえないと……！

足を動かすと膝に激痛が走ったが、アリスはよろよろと男を追って走りはじめた。

そうしながらも、もう追いつけないだろう、と思っていた。思うように走れないアリスに対して、相手は全速力で走れる状態だ。しかも、逃げたときの足取りは軽やかだった。男が曲がった角を曲がっても、姿はおろか足音さえも聞こえないだろう――。

アリスは、奥歯を嚙《か》みしめて、込み上げる涙を抑え、なおも前へと進み続けた。次の瞬間、角を曲がったあたりから、うわっ、と悲鳴じみた叫び声が聞こえてきた。

アリスは無理やりに足を速めた。痛みのひどい右足を上げ、ほとんど片足で跳びながら走る。

角を曲がると、数十メートル先に、黒くて大きな影が見えた。

よろめきながら近づくと、それは折り重なるように道路に倒れた二人の人間だとわかった。

否、倒れているのは一人だけだ。

もう一人は、倒れた人間の両腕を背中にまわしてひと括りにつかみ、相手を押さえこんでいる。

——それにしても大きな人…。

アリスは、相手を押さえこんだ男の姿を見て、感嘆に近い気持ちを抱いた。

その男は、とても背が高かった。身をかがめた姿勢でも、はっきりとわかるほど長身だ。

しかし、黒いウールのジャケットに包まれた体は、ほっそりとしつつも、上背に見合った肩幅を備え、曲げた状態でも長いとわかる足との均整もとれていた。

——モデルみたいな人…。

ふ、とアリスに向けた顔の造形も涼やかだ。

しかし、ふしぎなほど印象に残らない顔だった。

「あの…」

「君の鞄か?」

男が、驚くほどの美声で問うた。

アリスは、耳から流れ込んだ声に、内側から体を揺さぶられる心地がした。

こんな状況でなければ、足の力が萎《な》えたかもしれない。そんな感覚を覚えた自分を恥ずかしく思った。

「そうです。あの…」

「警察に電話してくれ」

「…はい」

アリスは、まだひったくりの犯人が握っている鞄の中から携帯電話を取り出し、一一〇番に通報した。すぐに応答した、きびきびとした口調のオペレータに状況を説明していると、耳慣れない足音が、ぱたぱたと近づいてきた。

なんだろう、と思って首を巡らせると、近くの寺院の門のあたりから女性が小走りにやってくる。その女性は、緑を基調にした縞《しま》の着物を身につけ、黒っぽい帯を締めていた。耳慣れない足音は、草履《ぞうり》の音だったのだ。女性は、肩口で切りそろえた黒髪を揺らしながら、アリスたちのごく近くまでやってくると、笑いを含んだ声で男に問いかけた。

「なにをやっているのよ、螢《けい》？」

「ひったくりだ」

「ああ…、捕まえたの」

女性が、アリスに目を向けた。

アリスは、なぜだかドキドキした。

女性はとても美しく、凛《りん》としていた。

「あなた、…けがをしているわね」

「え…、あ、かすり傷です」

アリスは自分の膝に触れつつ答えた。女性が身をかがめ、アリスのスラックスの裾《すそ》をめくった。

「ちょっと失礼。…けっこう血が出ているわよ。手当てしないと」

「自宅が、すぐ近くですから、取り押さえていただいた犯人を引き渡したら、いったん戻って手当てします」

「…あなた、警察の関係者?」

女性が、わずかだが怪訝《けげん》そうな声音で尋ねた。

アリスは、顔を赤らめてうなずく。

ふふっ、と女性が笑った。その声は、鳥のさえずりに似ていた。

「かわいいおまわりさん。…着物に興味はないかしら?」

「着物…ですか?」

「ええ。私、着物屋さんなのよ。興味があったら、ぜひいらして」

女性が、アリスのコートのポケットに、すっと名刺を差し込んだ。ありがとうございます、とアリスは反射的に礼を言う。

その言葉に重なって、パトカーのサイレンの音が近づいてきた。アリスは、事情を説明するときの恥ずかしさを思い、暗澹《あんたん》たる気持ちになった。

パトカーで駆けつけた警官にひったくりの犯人を引き渡し、一連の手続きを終えたアリスは、大急ぎで本部に向かった。手続きには予想以上の時間を要し、実際に犯人を捕まえてくれた男女は、アリスがあらためて礼を言う前に立ち去っていた。事前に片平《かたひら》に電話で連絡をしたものの、本部にたどり着いたのは、ほとんど昼前だった。

片平の運転する車に乗り込んで大学に向かったのは、正午過ぎ。このままでは、昨日聞いた白崎の講義の時間に重なる形で、大学に到着することになりそうだった。

「本当にすみません」

アリスは、車中でもう一度、片平に詫《わ》びた。

胸の中は、申しわけない気持ちでいっぱいだが、とにかく謝り倒すというのも性に合わない。相手の思考を妨げるほど謝罪を重ねるのは、逆に許しを勝ち取りたいという自分の願望のみで動くことだ、と考えていたからだ。

しかし、それでも、謝らずにいるのはむずかしかった。

それでなくても、片平には『オカルトちゃん』の妙な行動のせいで迷惑をかけている。最初は、着任早々の歓迎会のおり、一次会の店の外に出て、まだ中で会計している片平たちを残し、ふらふらと『呼ぶ声』に従ってしまった。声の先には、車に跳ねられたばかりの老人が倒れていて、片平たちは対応に追われ、二次会はお流れになった。

次は、歓迎会から二週間後のことだった。菓子店の失火《しっか》の捜査に行ったはずなのに、アリスが『気配』を察したために、指名手配犯を確保することになった。

その次は――。

「とにかく、大きなけががなくてよかったですよ」

片平が嚙みしめるように言い、自分の言葉に深くうなずいた。アリスは、湧きあがる感謝の気持ちに、思わず笑みを浮かべた。

もっとも、ほどなくアリスのほのぼのとした気持ちに水を差す出来事が起きた。山科区《やましな》に抜ける道の途中で事故があり、渋滞が発生したのだ。

そのため、アリスたちが大学に到着したのは、白崎が講義を終えて一時間も過ぎたころだった。またも大急ぎで事務室に駆けこむと、苦虫を嚙みつぶしたような顔の事務長に迎えられた。

事務長は、アリスたちの姿を見るなり、深々と頭を下げた。

「申しわけありません。結局、白崎先生には携帯電話が通じないままでして。もちろん、控室が火事になったことは、メールでも知らせてありますし、講義の前には事務室に来るように、これもメールで連絡してあったのですが…」

「いらっしゃらなかった、というわけですね」

片平が苦笑いを浮かべて結論を述べた。事務長は、また息をついた。

「講義が終わるころ、事務員を教室に行かせたのですが、これも空振りで」

「わかりました。ありがとうございます」

片平が礼を言い、引き続き白崎に連絡を取ってくれるように、と事務長に頼んだ。

事務室を出たアリスたちは、『彫刻棟』に向かった。白崎の不在は、まったくの予定外だったが、大森《おおもり》たちと落ち合う約束をしていたのだ。

事務室のある建物から『彫刻棟』までのあいだには、大きな建物が二つ並んでいた。どちらも大学創立時に建てられたものなのだろう。カフェが入った建物と同じく、年代物のレンガをまとった趣《おもむき》のある外観の建物だった。

「こういうのが好きで通っている学生もいるんでしょうねえ」

建物を眺めて横歩きしながら、片平が言った。畳が使われていた時代の名残りなのか、窓の位置が低い。

そうでしょうね、とアリスは心から同意し、建物の裏側がどういう雰囲気になっているのか、ふと興味をひかれて、建物が並ぶ隙間《すきま》の部分を覗きこんだ。

そのとき、その隙間の向こうに人影が見えた。髪の長い女性のようで、アリスの意識が引き寄せられる。

「片平さん」

アリスは相棒を呼び止め、自身も足を止めて目を凝らした。

はたして、そこに立っていたのは、白崎ゆかりだった。

彼女は、フリルのついた白いコートに身を包み、赤い大きなバッグを提げていた。十七ンチはありそうなヒールの白い靴を履いた足は、きちんと揃えられ、アリスの位置から見えない相手と、腰を据えた会話がなされている風情だった。

どうしようか、とアリスは一瞬、迷った。

しかし、片平は躊躇《ちゅうちょ》なく小走りに近づいていく。

「白崎さん」

呼びかけた片平の語尾が、奇妙な歪みを帯びた。彼の視線の先には、少年が立っていた。

その少年の姿を目にした瞬間、アリスの背中を強い悪寒が走った。

少年がアリスに目を向けた。

直後に、アリスは完全な恐怖に支配された。全身が総毛立ち、関節がこわばり、体が自由には動かせなくなった。

トラやライオンのような肉食の獣と対峙したら、こんなふうになるのかもしれない。アリスは恐怖の中で考える。

逃げなければ、と思った。

だが、足が動かない。

息が苦しくなった。ばくばくと心臓が激しく音をたて、聴覚の正常な働きの邪魔をした。

けれども――。

恐怖は、ふいに消えた。

気がつけば、アリスはレンガ造りの建物のあいだに立ち、三人の人物から気遣《きづか》うような、あるいは呆れたような視線を向けられていた。

「だいじょうぶか、あんた？」

少年が、耳当たりのいいテノールで尋ねた。

アリスは、あらためて少年の顔を見た。

やや癖《くせ》のある明るい色の髪に彩られた少年の顔は、極上の白磁のようになめらかな肌で形作られている。アリスを見つめる目は大きくて力に満ち、髪の毛と同じくらい明るい色をしていた。

――…一昨日の火事のとき、野次馬の中にいた子供だわ。

でも、とアリスは認識をあらためる。

――子供…じゃない。

少年だ、と思っていた相手は、どうやらアリスが思うよりは年長だ。

容貌《ようぼう》と雰囲気が少年めいた快活さを備えているのに加え、背丈が低くて華奢《きやしや》なために、実際よりも若く感じられたのだろう。

しかし、気持ちを落ち着けて、正面から向き合えば、アリスと同じくらいか、もうすこし年上のようだった。

『彼』は、ブルーのジーンズを履き、襟裏《えりうら》にボアのついたアンティークレザーのジャンパーを着ていた。ジャンパーはサイズが合わないらしく、肩や袖《そで》の長さにだぶつきが見られる。反面、体になじんだ印象もあった。その印象は、『彼』を年相応に見せる働きをしていた。

「…なあ、あんた。なんで、そんなにおれを見るんだ？」

年齢不詳の『彼』は、両手をジャンパーのポケットに突っ込み、にやにや笑いながら尋ねた。

「もしかして惚《ほ》れちゃった？」

「あなた…、だれ？」

アリスは『彼』に問いかけた。そうせずにはいられなかった。恐怖が去っても、平静に戻っても、明らかにしておかなければ耐えられない瞬間が、また訪れるような気がしてならなかった。

『彼』は、片眉を上げてアリスの顔を凝視し、存外に愛らしく笑った。

「おれは、天川理市《てんかわりいち》。…便利屋だ」

「便利…屋？」

「そう。荷物を運んだり、庭掃除をしたり、犬の散歩にも行く。迷い猫探しとか、子供の宿題の手伝いもする。ちなみに、六十五歳以上か身体の不自由なお客の場合は、三割引きで請け負います。ここの学生さんにも、よくご用命をいただいているよ。職員や教員にもね」

　理市が、両手で白崎を指し示し、じゃあね、と手を振って走り去った。

　アリスは、なんとも形容できない気持ちを抱え、その背中を見送る。

　片平が、所在なくたたずむ白崎に顔を向けた。

「白崎さんですね？」

「…そうです」

　白崎が、警戒心のこもった表情で片平を見つめた。片平は、表情とともに語調を弛《ゆる》めた。

「先日の放火の件については、お聞きのことと思います。私、京都府警の片平と申します」

「宇佐木《うさき》です」

　アリスは、警察バッジを示した片平に倣《なら》い、自身もバッジを示した。

　白崎は、ちらと盗み見るような目つきでバッジを見ると、かすかだが苛立ちのこもった声で応じた。

「放火のことは、メールで見ました。でも、焼けたのは、鏑木《かぶらぎ》先生の机ということでしたので、私には関係ないでしょう？」

　なるほど、と片平がうなずいた。

「しかし、あの控室は、白崎さんも共同で使用なさっていたと聞きました。ですから、無関係とは言えません。防犯カメラにも、白崎さんの姿が映っていました」

「…それは、火事が起きるより前のことです。講義で使った本を置きに行っただけです」

「そのときに、控室の鍵はかけられましたか?」

白崎が口ごもった。

「……さあ、どうだったかしら」

「開いていたそうです」

片平がにこやかに続ける。

「鏑木先生の机の鍵も開いていたそうですよ」

さっ、と白崎の顔色が変わったが、彼女は平静を装おうとした。

「…だから、なんですか? それこそ私には関係ありませんよ」

「そうですか。しかし、実況見分には立ち会っていただかなければなりません」

「…なにをするんですか?」

「火災の現場を見ていただき、火災が起きる前の状況と異なる部分があれば、それを教えていただきたいのです。机や棚が移動しているとか、あるべき場所にあるべきものがない、といったことなどを」

「…どうしても、私が立ち会わなければいけませんか?」

「ぜひ、ご協力をお願いします。善良な一市民として」

「…わかりました」

白崎が、しぶしぶ同意した。片平は満面の笑みで頭を下げる。

「ありがとうございます」

アリスも片平に倣った。白崎の態度を訝《いぶか》しみながら。


実施までに時間がかかったわりに、実況見分は実りのない結果に終わった。新たな事実はなにも見つからず、犯人に結びつく証言も得られなかった。頼み倒されて立ち会った白崎は終始、不機嫌な顔をしていた。

実況見分のあとに行われた聴取でも、白崎は非協力的だった。質問をしても、「さあ？」とか「わかりません」とか、考えるそぶりもなく即答する。

もっとも、片平がドアの内側に貼ってあったという写真の拡大プリントを示したときは、あからさまに顔色を変えた。「心当たりがありますか」と問いかけた片平には、「知りません」と答えたのだが。

聴取を終えた白崎が立ち去ると、大森と塚原《つかはら》、小平《こだいら》が合流し、アリスたちは五人で、情報や意見の交換を行った。火災で死亡者が出た場合には、警察と消防が解明したいと望むポイントにズレが生じるため、対立が起こることもあると聞くが、公共施設が標的にされたとはいえ、燃焼範囲がごく小さい今回のような事件では、早期の解決を望む気持ちが合致しているためか、協力体制はこのうえなく万全だった。

首をかしげた。

「白崎さんの様子はおかしいわよね」

ひとしきり、アリスが遭遇したひったくり事件についての見舞いを述べたあと、大森が首をかしげた。

この言葉に、アリスはもちろん、片平もうなずいた。

「なにか隠しごとをしていますね。とくに、花の模様の写真については、絶対に心覚えがあると思います。写真そのものを白崎さんが貼ったとは限りませんが…」

「犯人は、白崎さんに写真を見せようとした、ということ？　でも、火をつけられたのは鏑木さんの机だものね。白崎さんが火をつけたという可能性は？」

いまさらのような大森の問いかけに、塚原が肩をすくめた。

「時間的に不可能です」

「可能なのは、展示室にいた三人の女子学生…だったっけ？」

それが…、と小平が嘆息する。

「あの三人は、動機がどうも…。専攻が日本画科で、鏑木さんとの関係が薄いんですよ。まあ、顔や名前は知っていましたけどね。三人ばらばらに聴取したんですが、言っていることに矛盾がありませんし、…使っている言葉のニュアンスがちがうので、逆に口裏を合わせている感じもないんです」

「でも、他の…二十五人には、アリバイがあるんでしょう？」

「はい。それで、通報よりも三時間ほどさかのぼって、もう一度、映像をチェックしたんですよ。しかし、建物に入った人間は全員、問題なく外に出ていました」

ただね、と塚原が懐から取り出した紙を広げてみせる。

「気になる人物はいました」

アリスたちは、いっせいに紙を覗きこんだ。そこにプリントされていたのは、先ほど白崎と話していた人物――天川理市だった。

「この人…、便利屋ですね？」

アリスが問うと、塚原は驚いた顔でうなずいた。

「ご存じでしたか」

「名前だけ。…どういう人なんですか？」

「いわゆるグレーゾーンの人物ですよ。…事件があったとき、よく現場に姿があるんです。ときには、加害者側に加わっているのではないかと目《もく》される。そのくせ、証拠がなくて逮捕されない。そういう人物です。…今回も、防犯カメラに映っていました。けど、天川が『彫刻棟』に入ったのは、通報の二十五分前で、その五分後には建物から出ているんですよね。ですから、たんに『気になる人物』というだけなんですけどね」

「…天川理市」

アリスは、プリントされた画像を凝視した。プリントの中の理市は、運搬でも請け負っていたのか、大きなパンダの着ぐるみを抱えていた。

4

事件から三日目の朝。

　アリスがばたばたと出勤の準備をしている最中に電話が鳴った。

　だれだろう、と思いながら受話器を上げると、片平《かたひら》の声が聞こえた。彼の声は、申しわけなさそうな響きを帯びつつも、すこしあわてていた。

『宇佐木《うさき》さんですか？　おはようございます。片平ですが、今朝、女房が階段から落ちて足を折りましてね。いま病院なんですよ』

「ええっ⁉　奥さんのご容体は⁉」

　アリスが驚きの声を上げると、片平の声は、かすかな笑いを帯びた。

『ぴんぴんしています。…ただ、どうも手術の必要があるようで、病院側から強く付き添いを求められましてね。私は今日、休みを取らせていただきます』

　それでですね、と片平の声が、ふたたび申しわけなさそうな響きを帯びた。

『課長に連絡したところ、宇佐木さんにも有休をとっていただきたい、とのことで…』

「…わかりました」

アリスは、不満を呑《の》みこみ、できるかぎり冷静な声音で答えた。

おそらく、上の者は、アリスを安全な状態に置いておきたいのだろう。研修中のキャリアを危険な目に遭わせたとなれば、府警本部の責任問題になる。

だから、これまでもアリスを、死亡者のない事件に当てがってきた。

ところが、アリス自身が『オカルトちゃん』の名に恥じず、自ら危険のある事件に飛び込むような真似をしてきた。その頻度たるや、学生時代の比ではなかった。

これがなければ、上層部も適当な指導役代理をつけて、放火事件に当たらせてくれたかもしれない。けれども、アリスは自ら、片平以外の人間には手綱をさばきがたい問題児であることを示してしまっていた。

『すみませんね。私の家庭の事情で』

それじゃあ、と言って、片平が電話を切った。アリスは、受話器を手にしたまま息をつき、しかたないと自分に言い聞かせてから受話器を置いた。

「さて、どうしよう…」

とりあえず、室内を見回す。すると、壁に吊るしたコルクボードが目に留まった。ボードには、京都にいるうちに行きたい店の切り抜きなどが、透明なヘッドのピンで刺し留められている。その中には昨日、ひったくり犯を捕まえてくれた着物美人にもらった名刺も留めてあった。

アリスは、ピンを抜いて名刺を手にする。

和紙素材の名刺には、『リサイクル着物・アンティーク着物の古布里《こふり》』とやや大きめに横書きされ、その下には小さな字で住所と氏名——おそらくは着物の女性の氏名と思われる、紡木《つむぎ》真南子《まなこ》という文字が記されていた。

「紡木さん…。住所は島原《しまばら》…か」

どのあたりだろう、とアリスはタブレットを起動させる。

住所を打ち込み、地図を呼び出すと島原が地下鉄の五条《ごじょう》駅か京都駅から徒歩圏内だとわかった。


平日にもかかわらず、京都駅は混んでいた。地下鉄の改札を抜けたアリスは、地下道に併設されたショッピングモールに入る有名菓子店で和菓子を買い求め、そのまま地下道を通って七条《しちじょう》通に出た。

地上に出ると、きんと冷たい空気が体を包む。

同時に、空の抜けるような青さと、香《こう》のかおりに心を癒《いや》された。

地下道の出口は、東本願寺の角なのだ。アリスは、西に向かって歩きだした。

七条通は道幅が広く、ひっきりなしに車が通る。一方で、歩道に面した商店は、昔ながらの小売店が多い。大宮《おおみや》通まで歩いたアリスは、横断歩道を渡って右折すると、左手に現れた高校を通り過ぎてから角を曲がり、すこし進んで、また右に折れた。そこは、車がようやく一台通れるかどうかというほど道幅の狭い路地だった。路地の入口には、『島原《しまばら》商店街』と書かれたアーチ型の看板が掲げられているが、見たかぎりでは商店らしきものはない。

路地の中に入ると、最初の印象よりも風情のある通りであることがわかった。木造の家屋には、壁面に犬矢来《いぬやらい》が打ちつけられ、窓を保護する連子《れんじ》も木製だ。通りに張り出した軒には、往来する車に注意をうながすためか、赤い玉飾りが吊るされていた。

——なんだか、ちょっとかわいいわ…。

アリスは微笑《ほほえ》み、先へと進んだ。

家々の造形も変わっていて、道路に面しているのは壁ばかりだ。ほとんど玄関らしきものを目にしない。代わりに、かなり長い間隔を置いて、ごく小さな門のようなものが点在していた。門の内側には、黒っぽい石畳が敷かれた極細の路地が伸びていた。

さらに、数十メートル先へ進むと、路肩に小さな装飾が置かれていた。

それは、木材だけで作られた古い椅子《いす》の長い背もたれに、『古布里・商い中』と書かれた板が掛けられ、座面には着物地で作られたウサギが二匹、並んでいるというものだった。

「ここ…?」

椅子が置かれているのも、小さな門の前だった。

こちらの門の中にも、黒い石畳が敷かれた極細の路地が伸びている。路地の中にひと気は感じられなかった。両脇を建物にはさまれているため、路地自体も薄暗い。

だが、どことなく温かな気配を感じ、アリスは路地に踏み込んだ。

路地の右手には、路地に面する形で、趣《おもむき》のある玄関が並んでいた。左手には板壁がある。路地の突き当たりにも玄関があり、広めのアプローチには、木製の縁台が置いてあった。玄関の右わきには庭があり、すっかり葉の散ってしまった落葉樹が、ふいに頭上に開けた感のある空へと枝を伸ばしている。その足許には緑の苔《こけ》が息づき、つくばいから滴る水を受けて、瑞々《みずみず》しく輝いていた。

古いダイヤガラスをはめ込んだ、木製連子の引き戸をゆっくりと開けると、直後に、心が浮き立つような香のかおりが鼻腔《びこう》に流れ込んできた。引き戸のうちは、石畳張りの広いエントランスホールになっている。ホールの正面と左手は、艶《つや》やかな板張りの床が広がり、さまざまな着物や帯、着物地を使って作られた小物などが、大量に、しかし美しくディスプレイされていた。

アリスは、しばし目を奪われた。

一枚の布に、なんと多彩な色が使われていることか。その布が、着物という形になり、帯という形になって、正確な枚数さえわからないほどたくさん集まっていても、それぞれの色はぶつかり合うこともなく、ただ華やかに調和している。

「いらっしゃいませ」

ふいに、着物の山の中から声が聞こえた。

目を凝らすと、着物をまとったトルソーが動き出す。

否《いな》――肩口で切りそろえられた艶やかな黒い髪、陶磁の肌に薔薇《ばら》色のくちびるを持ち、光沢のある青い着物をまとった人物は、この店の主、紡木真南子その人だった。

「こんにちは」

アリスは、遠慮がちに挨拶《あいさつ》をした。真南子は微笑み、店の中のディスプレイを示した。

「どうぞ。上がってくださいな」

「いいえ、ここで失礼します。…今日は、お礼を申し上げにうかがったんです。わたし、昨日の朝、ひったくりに遭ったとき、紡木さんとお連れの方に助けていただきました、宇佐木アリスと申します」

真南子が、にっこりと艶《あで》やかに笑った。

「ええ。もちろん覚えているわ。わざわざお礼を言いに来てくださったの？　でも、残念だわ。義弟《おとうと》は…、あ、黒装束ののっぽのことだけど、彼はいま留守なのよ」

「では、よろしくお伝えください」

これを、とアリスは和菓子の包みを差し出した。真南子はためらいなく包みを受け取り、包装紙を見てから、また笑った。

「ここの和菓子はおいしいのよね。一緒にいかが？　せっかくいらしたのだから、ぜひ着物を見ていってちょうだい。…それとも、着物はお嫌い？」

「いいえ。そういうわけではありませんが…」

「だったら、どうぞ。うちは、一見《いちげん》さまでも、冷やかしでも歓迎よ。質のいい着物は、見るだけでも価値があるわ。汚さないように気をつけながら触って、手触りを確かめて、目を肥やして、最上最良の一枚を見つけるの。…普段から着物を着るのもいいけどね」

さあさあ、と手を引かれ、アリスは靴を脱いで中に入った。急ぐ用事もないし、美しく飾られた着物に心惹《ひ》かれたせいもある。渋い飴色《あめいろ》ながら、艶やかに磨き上げられた床は、靴下ごしの足にも心地よかった。

「さあ、探索を開始して」

真南子は、楽しそうに号令をかけると、自身は板の間の端に置かれた座布団に座り、古い着物を解きはじめた。

アリスは、色の洪水に踏み込んだ。

思っていたよりも、ずっと奥行きが深い。板の間に並べられた商品の数は、玄関口から見たときよりも格段に多く、めまいがするほど多彩でもあった。

アリスは端から商品を見て歩いた。

目にも鮮やかな着物をまとったトルソーの林を抜け、無数とも思えるほどの帯が掛けられた、谷間のような空間を渡っていく。

「すごい…」

思わず感嘆の声がもれる。

手前のトルソーに着つけられた着物は、白とショッキングピンクの市松模様だった。胴の部分には、金を基調にした帯が締められている。そのとなりのトルソーは、ゼリービーンズのようなポップな色調の丸があしらわれた着物をまとっている。帯は、麻雀をする骸《がい》骨《こつ》の柄。さらには、ピンクを基調にしたスピッツ柄の着物や、しっとりとした淡い緑色に金色の鳥が飛ぶ着物もある。

衣桁《いこう》に掛けられた帯には、艶やかに鶴が舞い、ウサギの刺繡《ししゅう》がほどこされ、中国の戯画《ぎが》を思わせる唐子《からこ》が繊細な筆致で描かれていた。

「アンティークの着物は色がきれいよね」

いつのまに近づいていたのか、真南子が、ひょいと近くの山から着物を取り上げ、やわらかな手つきでアリスの肩に掛けた。

どう？　と真南子が、部屋の隅に置かれた鏡を指した。そこには、白地に紫色のあやめが咲き誇る、色艶やかな着物を肩に掛けたアリスの姿が映っていた。

意外に似合う、とアリスは驚いた。

こんな色柄は、自分では絶対に選ばない種類のものだった。

「なかなかいいでしょう？」

「はい。すてき。…でも、お値段もよさそう」

思わずつぶやいたアリスに、真南子が笑う。

「お値段は、そこそこよ」

ほら、と真南子が、糸で通した小さな値札を示す。そこに書かれていたのは、たしかに安くはないが、手が届かないというほどでもない値段だった。

「この着物には、こんな帯が似合うわ。こっちの着物もいいと思う」

真南子は、次々に帯や着物を取り上げ、アリスの体に当てていく。その動きに押しつけがましさはなく、選ばれた帯や着物は、すべてアリスに似合っていた。

――うーん、これは…。

危険な場所に来てしまった、とアリスが焦りを感じた直後。

からからと耳に心地よい音をたてて、玄関の引き戸が開いた。

「こんにちは」

入ってきたのは、二人の女性だった。

一人は、五十歳前後と思《おぼ》しき年ごろで、ふっくらとした優しげな顔に品のいい化粧を施している。短めの髪にふんわりとパーマをかけ、膝丈の黒いスカートに、白黒の千鳥格子《ちどりごうし》の生地の丸襟《まるえり》のジャケットを身につけていた。

もう一人は、二十代半《なか》ばと思しき、若い女性だった。明るいベージュのパンツスーツをまとい、ヒールの太いパンプスを履いている。肩よりもすこし長い髪は自然な栗色で、わずかな癖《くせ》が見て取れる。容貌《ようぼう》は、全体的に骨格の太い印象で、意志の強そうな大きな目と太い眉のバランスが、力強い若々しさを感じさせた。

二人は常連らしく、玄関にたたずむ姿がこなれていた。

「いらっしゃいませ。高橋《たかはし》さん」

真南子が、アリスの肩に着物を当てたまま言った。

「先日、洗いをお願いした着物が戻ったと聞いたから。…そちらのお嬢さん、その着物、とても似合うわ」

年長の女性がにこやかに言った。アリスは照れくささを感じつつ、真南子に言った。

「あの…、あちらのお客さまに…」

「そうね。ちょっと失礼するわね」

真南子がアリスから離れ、二人の女性に歩み寄った。アリスは、真南子がチョイスした着物をあらためて見比べながら、耳の端で彼女たちの会話を聞いていた。

「染みは、きれいに落ちたかしら?」

「ええ。汚れて、すぐに出していただきましたから」

「さすがは『古布里』さんだわ。よかったわね、結花《ゆか》ちゃん」

――『高橋さん』の『結花ちゃん』……？　……高橋結花……さん。

「あの――」

アリスは振り向き、女性たちに呼びかけた。

女性たちは、きょとんとした視線を返してくる。

アリスは瞬時、後悔を覚えた。自分は休暇中だ。相手も私的な用事の最中だ。けれども、口から出た言葉を、また口の中に納めるのは不可能だった。

「ぶしつけに声をかけて、すみません。失礼ですが、彫刻家の鏑木《かぶらぎ》さんの婚約者の方でいらっしゃいますか？」

若い女性が、不安そうな顔で、ちらりと連れの女性の顔を見た。アリスの問いに答えたのは、年長の女性のほうだった。

「そうですけど、あなたは？」

「わたし、京都府警の宇佐木と申します。敬明《けいめい》で起きた放火事件を担当しています。今日は休みで、私用でこちらにうかがったのですが、お名前が聞こえたものですから、つい……」

すると、年長の女性が微笑んだ。

「それは、お世話になっています。私用とおっしゃったけど、今日はお買いものかしら？」

「はい。…そうなりました」

「では、…ええと、事情聴取？　などはなさらないのね？　でしたら、刑事さんも一緒に着物をごらんにならない？」

「え…？」

「こんなお若い刑事さんがいるなんて驚いたわ。着物がお好きなんでしょう？　目の保養になるわよ。それに、年の近い方がいらしたほうが、結花も退屈しないわ。私はいつも真南子さんと勝手に盛り上がってしまって、最後には結花を退屈させてしまうのよ。せっかく刑事さんがいらっしゃったんだから、結花も放火のことを聞きたいと思うしね」

さあ、行きましょう、と年長の女性がアリスをうながした。

奥にどうぞ、と真南子が立ち上がり、右手奥の板戸を開けた。

流されるようにアリスは、真南子たちに続いて板戸をくぐる。

板戸の向こうは細い廊下になっていて、小さな手すり越しに、狭いながらも趣のある和風の庭が広がっていた。廊下の左手には、二間続きの和室があり、色鮮やかな着物がひと山、無造作に積んである。半分開いた襖《ふすま》の向こうには、また別の和室があり、着物用の箪《たん》笥《す》が二竿《さお》と反物《たんもの》などを置く棚、大小の衣桁などが並べられていた。

「こちらにどうぞ。…まず、お茶をお持ちしましょうね」

真南子が満面の笑みで言い、すぐに奥の和室のほうへと消えていった。取り残されたアリスは、どことなく所在ない気分を味わいながら、結花が勧めてくれた座布団に座った。

「あの…、犯人は捕まりましたか？」

結花が小さな声で尋ねた。アリスは首を横に振った。

「それは、まだ…。放火について、鏑木さんから話を聞いていらっしゃいますか？」

「はい。放火があったことと、刑事さんが私のところに来られるかもしれないということは。…でも、連絡がありませんでしたので、すこし心配していました」

「すみません。…詳しいことはお話しできないんですが、大学の構内で起きた事件ですので、そちらを先に調べているんです。…ついでのようで、本当に失礼なんですが、結花さんのほうには、放火の前後になにか変わったことはありませんでしたか？　たとえば、鏑木さんに関して、脅迫を受けたとか、変な物が送りつけられてきた、とか」

「いいえ。なにも」

「着物を汚されたじゃないの」

横から女性が口をはさんだ。結花は、わずかに顔色を変えて、女性に反論した。

「あれは事故よ。相手の方だって悪気はなかったわ。…大事な着物を汚してしまって、伯母《おば》さんには申しわけなかったけれど――」

ふいに言葉を切り、結花が自分の口を押さえた。女性は、哀愁《あいしゅう》の漂う笑みを浮かべ、アリスに説明した。

「結花は、私の姪《めい》なんです。妹の子で、以前は笛木《ふえき》を名乗っていました。…妹が亡くなったので、養子縁組をして、いまでは私の娘になりましたけど」

「…ごめんなさい」

結花が詫《わ》びた。女性――結花の養母は結花にやわらかな笑みを向けた。

「いいのよ。現実に、『オバサン』な年ごろだから、ちょっとひっかかるだけなの」

言い終えると同時に、養母がぺろりと舌を出した。結花は笑い、もう、と言いながら養母の腕を叩いた。二人の態度は、完全に仲の良い母娘そのものだった。

小さな波紋が収まると、ふたたび養母が話しはじめた。彼女は、結花の着物が汚されたことを、だれかに訴えたくてしかたないらしかった。

「それでね、着物の話なんですけど。…先日、この子の婚約披露のパーティーがあったんですよ。そのとき、招待客の方に、着物に料理をかけられたんです。その方というのが、成人《なるひと》さんの同僚の白崎《しらさき》さんという方で、着物を汚した直後には謝罪なさったらしいんですが、それきりなにも言わずに、帰るときも結花に挨拶ひとつなかったそうなんです」

「…では、着物のクリーニングの費用も？」

ええ、と養母の顔色をうかがいながら結花が答えた。

「払うとおっしゃったんですけど、お断りしました。私も、友人との話に夢中になっていて、まったく周りを見ていませんでしたし」

だけど、と養母がなお不満そうに愚痴《ぐち》をもらす。

「結花が許すと言っても、…仮に結花のほうに非があったとしても、最後にもう一言あるのが、良識のある大人の態度じゃありませんか？」

「そうですね。…お母さまも、パーティーにいらしていたんですか？」

　まさか、という顔つきで、養母が否定した。

「あの日は、お若い方ばかりでしたので、私たちは遠慮しました。白崎さんのことを教えてくれたのは、美奈子《みなこ》ちゃんです。結花のお友達の…。…といっても、告げ口をされたわけじゃありませんよ。結花と着物の汚れについて話しているとき、白崎さんの態度に怒って教えてくれたんです」

「その美奈子さんという方は、よく高橋さんのお宅に行かれるんですか？」

「いいえ。東京にお住まいの方ですから。京都に来られるときも、ホテルをお取りします。お若い方は、そのほうが気楽かと思いまして。でも、パーティーのときは、うちに泊まっていらしたんです」

「そうですか」

　また白崎だ――とアリスは思った。いや、『また』というほど、白崎はマークされる要素は持っていない。けれども、関係者からよく名前を聞く人物ではあった。

「結花さんは、白崎さんと面識は？」

　アリスが尋ねると、結花は首を横に振った。

「お会いしたのは、パーティーのときだけです」

「電話や手紙を受け取ったことは？」

「ありません。…あの、白崎さんに疑いがかかっているんですか？」

「そういうわけではありません」

うまくない言い方だ、とアリスは反省した。直後に、盆を手にした真南子が和室に戻ってきた。真南子は先刻、アリスが手渡した、雪の結晶をあしらった練り菓子を皆の前に置き、蓋《ふた》のついた湯のみに入ったお茶を菓子の横に並べたあと、また和室を出ていった。

アリスたちはお茶を飲んだ。ちょうど飲み終わるころに、今度はたとう紙に包まれた着物を手にして、真南子がやってきた。

「こちらがご依頼いただいていた着物です」

真南子は、いったん着物を脇に置き、手早く湯のみや菓子皿を片づけると、アリスたちが作る輪の中心に着物を置いた。

結花の養母が、たとう紙の紐《ひも》を解いた。覆いのように掛けられた上の紙をめくると、やわらかな和紙の下から、上品な輝きを帯びた白銀の着物が現れた。

「広げてごらんになってくださいな」

真南子が言い、養母がその言葉に従う。

ふわりと広げられた着物には、ころころと丸い形の花と、風にたなびく柳を思わせる動きのある枝が、絞りの技法で染めつけられていた。

——……え……？

アリスは、丸い形の花を凝視した。着物地の白銀から浮き上がらないように、白や淡い灰色の濃淡で染めつけられた花は、写実的なようでいて、幻想的でもある。

アリスは、その花に見覚えがあった。

「この花はなんですか…？」

「辻《つじ》が花《はな》のこと？」

アリスの問いに、真南子が問いを返した。

「辻が花？　それが、この花の名前ですか？」

「ええ、そうよ。幻の花と言われている。…辻が花はね、室町《むろまち》時代くらいから使われはじめた意匠《いしょう》なの。最初は、絞りと墨絵で染めつけられていたらしいけど、着物の柄や技法にも流行《はや》り廃《すた》りがあるからね。辻が花の技法も、いったん廃れてしまった。それが、昭和になってから復元されたのよ」

「辻が花の…柄、というんですか、…色形は、全部同じなんですか？」

「高橋さんの着物と完全に同じ柄か、ということ？」

「そうです」

「だったら、ちがうわ。辻が花は、だれが見ても辻が花だとわかるけど、色形はそれぞれにちがう。…鴛鴦《おしどり》や鶴を、別々の人が描くと、それぞれにちがう特徴が現れるようにね」

ならば――結花が白崎に汚された着物の柄は、まちがいなく放火された部屋のドアに貼られていた写真の柄だ――と思う。

アリスの心臓が、早鐘のように鳴った。

放火現場に貼られていた写真を見たときの、白崎の動揺ぶりを思い出す。

彼女は知っていたのだ。あの写真が、結花の着物の柄であることを知っていた。

だが、なぜ言わなかったのだろうか？

――同じ柄だと思うのは、わたしの早とちり…？

アリスは首をかしげ、なおも着物の柄を凝視した。確信は持ちえなかった。同一のものであることを証明するためには、やはり並べて確かめる他はなかった。

ただ、正直に事情を説明することは憚《はばか》られた。現時点では、それほど重視されていないが、それでも写真の一件は、捜査上の秘密に該当するかもしれない。

それに、まったく別のものであった場合、結花たちに申しわけないという気持ちがあった。それでなくても、彼女は放火事件に巻き込まれた鏑木の身を案じているはずだ。そこに加えて、ここで新しい不安の種を植えることは避けたかった。

「着物の柄を写真に撮らせていただいていいですか？」

アリスはストレートに尋ねた。結花の養母は微笑んだ。

「いいわよ、もちろん。…広げたほうがいいわね」

養母が、写真を撮りやすいように、着物の柄の部分を大きく広げてくれた。アリスは、心の中で詫《わ》びながら、口では礼を言って写真を撮った。

「ありがとうございます」

「刑事さんは、辻が花が気に入ったのね」

「はい。…この着物は、いつごろ入手なさったんですか？」

「婚約披露のパーティーのために仕立てたのよ。結花と一緒に選んだの。結花も、この着物に一目ぼれでね。珍しく、自分から『ほしい』と言ったのよね」

そうだわ、と養母《ははおや》が手を叩いた。

「結花の花嫁衣装も、こちらでお願いしようと思っているの。よかったら、刑事さんも一緒にごらんにならない？」

「ありがとうございます。ぜひとも、ご一緒させていただきます」

アリスは、鞄《かばん》から名刺を取り出し、すこし迷ったあと、結花に向けて差し出した。

結花は、笑顔で名刺を受け取った。

「刑事さんから名刺をいただくなんて、はじめてだわ」

「気軽にお電話ください。わたし、もともと東京の出身なので、京都には知り合いが少ないんです。ですから、お困りのことがあったときも、そうではないときも。…ここのレストランがおいしいとか、この祭りは絶対に見たほうがいいとか、そういう情報でも大歓迎です」

はい、と結花が笑みを深めてうなずいた。アリスも微笑を返し、腕時計を見た。

「今日は、いろいろとありがとうございました。そろそろ失礼します」

そのまま、結花の婚約披露パーティーが行われたレストランの名前を尋ねるつもりだったが、アリスが問いを口にする前に、結花の養母が言った。

「お昼は、どこで召し上がるの？　平安神宮《へいあんじんぐう》の近くにある『風雅亭《ふうがてい》』はおいしいわよ。……ここからだと遠いけど、ランチはお手ごろな値段だし。結花の婚約披露パーティーも、そこにお願いしたの。お友達はみんな、喜んでくださったわ」

ね、と養母が結花に同意を求めた。結花も、うれしそうな顔でうなずく。

アリスは何度目かの礼を言って店を出た。そして、その足で、件《くだん》のレストラン『風雅亭』に向かった。

『風雅亭』は、洋館を模した、小ぶりなレストランだった。

軽石のような質感の石材を組んだ外壁に、ところどころ年月の経過を思わせる太い木材があしらわれている。そこに、しっかりと根を張って、蔦《つた》が絡みつき、店の周囲にはカンテラのような外灯が配されていた。外灯には、厚みのある色ガラスが使われていた。アリスが到着したときは昼間だったので、外灯の明かりはともっていなかったが、それでも植樹や建物との美しいコントラストを見せていた。一方で、夜に見たならば、どんなに幻想的だろうかと想像させる。外観だけで集客の力を持った店だった。

心地よい音色を響かせるベルを鳴らし、ドアを開けて店に入ると、黒いスーツに身を包んだ女性がにこやかに迎えてくれた。

「いらっしゃいませ。お食事ですか？」

いいえ、とアリスは心底、残念な気持ちで答えた。非番の身である以上、大手を振って聞き込みはできないが、ランチを食べるついでに――というわけにもいかない。そもそも非番の日に聞き込みをすること自体が、問題のある行動なのだが、結花が婚約披露パーティの当日だけ、あの写真に酷似《こくじ》した柄の着物を着ていたことを考えると、どうしてもパーティー当日の話を聞いておきたい気持ちになったのだった。

ランチ終了間際の時間を狙ったのは、店で働く人々に迷惑をかけないためのささやかな配慮だった。体の陰《かげ》で警察バッジを示し、鏑木と結花のパーティーのときの状況について話を聞きたい、と申し入れると、スーツの女性は、アリスを店の奥の席に案内してくれた。

それから、二、三分ののち、白いコックコート姿の背の高い男性が、コック帽を手にして現れたが、席についた男性は、パーティーのあいだ、自分はほとんど厨房にいたので詳しいことはわからないと言い、フロアを担当した女性を二人、呼び寄せた。

一人目の女性は、アリスを席に案内してくれた人物だった。

彼女は、当日のトラブルについて尋ねると、結花の着物が白崎に汚されたことを挙げた。

彼女の話によると、『古布里』に連絡し、替えの着物を届けてもらったうえに、着つけもしてもらったようだ。しかし、それでも輝かしい記念日に、思いがけないトラブルに見舞われた結花に対しては、深い同情を抱いている様子だった。

二人目の女性は、ウェイトレスだった。

ウェイトレスも、スーツの女性と同じく、結花に強い同情を示したが、話はそれだけでは終わらなかった。細面《ほそおもて》の美しい顔を怒りに紅《あか》く染め、アリスに訴えた。

「あの人、…高橋さまの着物を汚した人は、トイレで連れの人に向かって『いい気味』って言ってたんです。それだけじゃなくて、高橋さまは背が高すぎる、とか、あんな着物を着てたら塗り壁みたいだ、とか。それから、絶対に着物のクリーニング代を払わない、払うと言ったのは形だけだ、金持ちぶった人たちは寛大なふりをするものだ、って。とにかく高橋さまが気に入らない様子でした」

アリスは呆れた。そんなことを、本当に白崎はウェイトレスがいる前で延々としゃべり続けたのだろうか。

アリスの表情から気持ちを察したのか、ウェイトレスが口許をゆがめて言った。

「ああいう人は、従業員を人間だと認識していないんです」

ウェイトレスの指摘は、的《まと》を射ているように感じられた。アリスは寂しい気持ちになりながら、さらに問いを重ねた。

「他には、なにかありませんでしたか？」

「プリンをいっぱい食べているお客さまがいました」

「……え？」

「パーティーのとき、リング型の大きなプリンを用意したんです。それを、一人で半分近くも食べたお客さまがいたんです」

「プリン……を……」

「はい。シェフ特製の焼きりんごが入った、ブランデーの香りのプリンで、よその店では味わえないような逸品ですよ。それを一人で食べちゃうなんて」

「……モラルに反しますね」

事件には関係なさそうだったが、アリスは真摯《しんし》な気持ちで同意した。

アリスの同意を受けたウェイトレスは、しばらく『変な客』についての愚痴を並べた。

それから、ふと思いついた様子で切り出した。

「そういえば、危ない人もいました。うちの店は完全禁煙なんですが、パーティーの日、トイレで煙草《たばこ》を吸った方がいたらしくて、ゴミ箱の中のペーパータオルが焼けていたんです」

「火が出たんですか？」

かるく身を乗り出したアリスに、ウェイトレスは渋面で首を横に振った。

「焼けたといっても、一部が焦げただけで、私もお客さまが帰られてから、ゴミを捨てるときに気がついたんですけど」

でも、とウェイトレスも身を乗り出してきた。

「一歩まちがえば火事ですよ。婚約披露のパーティーで火事が起きるなんて、あんまりじゃありませんか？」

「そうですね。…ゴミ箱の中に、煙草の吸殻《すいがら》はありましたか？」

「…え、と…。どうだったかしら…。ざあっとゴミ袋に移したときに見ただけだから、中を細かく調べてないんですよね。…すみません」

ウェイトレスが身を縮めて詫びた。しかたないですよ、とアリスは執り成した。本当は、そのときのゴミ箱の中身をつぶさに調べたかったが、それはもうかなわない望みだった。

もしも、ゴミ箱の中身が残っていたら、煙草を捨てた人物を特定できただろう。その人物が、故意に煙草を捨てたなら、今回の放火事件と結びつきがあると考えられる。

——でも、故意とは限らない…。ああ、だけど、煙草ではなかったかもしれないわ。

ライターで直接、火をつけた。そういう可能性も否定できない。

アリスは頭をひねり、あまり躍進的ではないけれど、ごく基本的な考えにたどり着いた。

「パーティーの出席者の名簿は保管してありますか？」

「いいえ。店にはないはずです。でも、鏑木さまと高橋さまはお持ちだと思いますよ」

「では、鏑木さんか、高橋さんに訊《き》いてみます」

　手帳を閉じたアリスは、礼を言って店を出て、すぐさま鏑木に電話をかけた。鏑木は混雑した場所にいるらしく、人間が作り出す雑音の波を背景に、アリスの問いに答えてくれた。

『婚約披露パーティーの招待客の名簿ですか？　持っていますよ』

「お借りできますか？」

『はい、かまいません。けど、私はいま、外に出ていて。帰りは七時ごろになる予定なんです。お急ぎなら、帰宅するころに電話しますが、明日でもいいのなら、大学か警察のほうに持っていきますよ』

「…取りにうかがいますので、お電話をいただけますか？」

『わかりました。では、また電話します』

　鏑木が朗らかな声で答え、挨拶のあとに電話を切った。

　電話を終えたアリスは、駅に向かって歩きはじめた。

　鏑木が帰るまでは、完全に時間が空いているので、国立博物館にでも行こうと考えたのだ。ちょうど『風雅亭』の近くの文房具店の店先に、催《もよお》し物のポスターが貼ってあり、内容に興味を惹かれた。楽しみつつ時間をつぶすには最適だった。

国立博物館のある東山七条《ひがしやましちじょう》までは、電車で一本だった。駅からは、それなりに離れていたが、歩くのが苦痛なほどの距離ではなかった。

博物館の近くには、三十三間堂《さんじゅうさんげんどう》や智積院《ちしゃくいん》、方広寺《ほうこうじ》などがあるためか、駅からの道中には、観光客をターゲットにした店も何軒かあった。

アリスは、店を覗きながらぶらぶら歩き、博物館では展示を楽しんだ。ここにきて、ようやく休日らしい時間を満喫したのだ。

それでも。

夕刻、博物館を出るころには、また事件のことが気になりはじめていた。

犯人と目《もく》される人がいない放火事件――そこに、鏑木の婚約者の存在が浮かび上がり、もとより言動に不審のあった白崎に、さらなる因縁が見つかったのだ。

――でも、さっぱりわけがわからないわ…。

首を垂れ、駅に向かって、来た道を戻りはじめたアリスは、ふと道端に停まったワゴン車を見た。飾り気のない白いワゴン車は、市内ではよく見かけるタイプの車だった。

けれども、車から降りてきた人物を目にした瞬間、アリスは足を止めた。

降りてきたのは、白崎ゆかり。

運転席に座っているのは、天川理市《てんかわりいち》だった。

「白崎さん…!!」

アリスは呼びかけた。今回は、まったく躊躇《ちゅうちょ》がなかった。

白崎は、ぎくりとした様子でアリスを見つめ、このうえなく迷惑そうな顔をした。

「なにか用ですか?」

「…いいえ。ただ、知らない方ではないので声をかけました」

アリスは、偽らざる気持ちを口にした。もちろん、なぜ理市と同じ車に乗っていたのか、などは気にかかる。だが、それを尋ねる権利がないことも知っていた。世間話を装わないかぎりは。

「奇遇ですね。なにをしていらっしゃったんですか?」

あなたには関係ないわ、と言われるかと予測した。しかし、アリスの予測を裏切って、白崎は迷惑そうな顔をしたまま答えた。

「叔母《おば》から美術書をたくさんもらったのよ。それを、天川さんに運んでもらったの。…先日は、学校でそのことを打ち合わせていたのよ」

白崎が言い終えると同時に、ワゴン車の運転席の窓が開き、理市が顔を覗かせた。彼は、アリスを無視して、白崎に言った。

「じゃあな、先生。まいどあり」

理市はかるく手を振ると、そのまま走り去った。

白崎は息をつき、自分もアリスを無視して、その場から立ち去ろうとした。

「ちょっと待ってください。白崎さん、…鏑木さんの婚約披露パーティーで、高橋結花さんの着物を汚されたそうですね？」

白崎は一瞬、なぜ知っているのか、と言いたげな顔をしたが、すぐに開き直った表情になり、肩にかかる髪を荒っぽく手で払った。

「そうよ。そのことは謝ったわ。相手も、いいと言ったのだし、わざとじゃないわ」

「それは、そうかもしれませんけど」

「なによ。クリーニング代をとりたててこい、とでも言われたの？」

「ちがいます。…でも、放火された控室のドアに貼ってあった写真は、結花さんの着物の柄でした。そのことには、写真を見たときに、気づかれていたんじゃないですか？」

アリスの問いかけに、白崎のトーンが下がった。

「…そうじゃないか、とは思ったわ。…でも、面倒だったのよ。どうせ、鏑木先生が気づくと思ったし、…こんなふうに言いがかりめいた言い方をされると迷惑だし。着物のことだってね、あの結花という女が、クリーニング代はいらないと言ったのよ。…人を貧乏人よばわりして、本当に失礼な女だわ。あんな女、痛い目に遭えばいいのよ…。あなたたちもね、もう私のことは放っておいてよ!!　あなたたちは、放火の犯人を捜《さが》しているんでしょう？　火をつけたのは、私じゃないわ。それは、だれにも覆《くつがえ》せない絶対の事実よ！」

いったん下がったトーンを怒声に変えて、白崎は言い切った。その言葉には、アリスもうなずくしかなかった。時間の壁があるかぎり、白崎は放火犯ではありえない。けれども、白崎は無視できない言葉を吐いた。


『あんな女、痛い目に遭えばいいのよ…』


「白崎さん。…本当に、本の運搬のことで、天川さんと会っていらしたんですか？」

アリスが聞き咎《とが》めると、白崎は憎々しげに顔をしかめ、きびすを返して走り出した。

十センチはあろうかというヒールが、アスファルトをリズミカルに叩く。

アリスは、白崎を追わなかった。それこそ、そんな権利はなかった。

5

ワゴン車を走らせながら、理市《りいち》は先刻のことを考えていた。あんな場所で、アリスに会うとは思わなかった。あの女刑事――アリスについては、白崎から情報を得ていた。仕事に行くついでに、白崎《しらさき》を自宅の近くまで送っていったが、仏心が仇《あだ》になったようだ。

だが、一人で帰らせるのは心配だった。

理市が白崎の血を飲んだのは、三十分前のこと。歩けないような状態ではなかったが、白崎の血は薄く、一人で帰らせて途中で事故にでも遭われては、さすがに寝覚めが悪いかもしれないと考えた。

しかし、今回は、心を鬼にするべきだったかもしれない。

もともと理市は、『鬼』の字を含む名前で呼ばれる生き物なのだ。

吸血鬼――。

人間は、理市たちのことを、そう呼ぶ。

少々、不本意だが、積極的に異論を唱える気はない。

理市自身、心の中で人間を『蝿《はえ》』だの『蛆《うじ》』だのと呼ぶことがある。その呼称には、理市の個人的な感情——人間に対する軽蔑《けいべつ》が込められていたが、血を飲む者たちを『吸血鬼』と呼ぶ人間には、そこまでの感情はないはずだった。

あるとすれば、得体の知れない存在に対する恐怖。あるいは、そういう存在を言い表すための便宜上の記号のようなものだ。

それに、血を飲む者たちを『鬼』と称するのは、ある意味、とても日本的な表現のように感じることもあった。

『鬼』というのは、外来の言葉である。大陸では、死者の霊魂《れいこん》を指した。しかし、日本に入った『鬼』は、多くの場合、怪力をもった異形の化け物を指す言葉になった。

実のところ、理市たち——血を飲む者も、人間をはるかにしのぐ怪力を有している。身体的にも、人間と異なる点がいくつかある。その怪力と相違点を利用して、理市は人間の社会にもぐりこみ、食となる血を手に入れていた。

三日前の夜、理市は敬明《けいめい》芸術大学に行き、鏑木《かぶらぎ》成人《なるひと》の机に火をつけた。これは、便利屋として請け負った理市の『仕事』であり、その報酬は食糧——つまり血を手に入れるために使われていた。

もっとも、白崎の血を飲んだのは、予定外のことだった。

三日前の『仕事』の際、理市はかるい失態をおかした。

なるべく証拠を残さないために、必要な物は現場で調達しようと、鏑木の机の引き出しを開けたのだが、その直後に白崎が部屋に入ってきた。

理市は、急いで窓の外に隠れた。塵よけにぶらさがる格好で。

白崎は、窓の外に隠れた理市には気づかず、自分の机に本を置くと、何気なく鏑木の机に目を向けた。

そして――理市が開けたままにしていた机の引き出しから金を盗んだ。

直後に、理市を見たのだ。おそらく金を盗むことへの緊張感から、感覚全般が過敏になり、窓の外から覗いていた理市の気配を察したのだろう。

理市は、とっさに頭を引っ込めた。

もし、白崎が窓に近づいてきたら、部屋に飛び込んで、その場で彼女の血を飲み、すべてを忘れるように暗示をかけようと考えた。しかし、白崎は、窓の外を確認することなく部屋を出ていった。

理市のほうを見たものの、もう外が暗くなる時間だったため、なにも見えなかったのかもしれない。あるいは、ありうべからざる状況で理市を目撃したため、幻覚だと自分に言い聞かせたのかもしれなかった。

とはいえ、楽観は禁物だった。だから、理市は、放火のあと、自ら白崎にコンタクトをとった。そのときはアリスに邪魔されたが、脛《すね》に傷を持つ白崎は理市の店を調べ、のこのことやってきた。

理市は、白崎の血を飲み、暗示をかけた。

あの夜、窓の外に見た『顔』は、目の錯覚だった、と。

理市は、人間の記憶を操作できる。もともとは、血を飲んだ相手に、飲まれたことを忘れさせるための能力なので、ごく単純な内容に限るが、この程度のことなら十分な効力があった。

それなのに、白崎を送った先で、またアリスに会った。

もう、白崎が理市のことを口にする危険はないが、不安の種が残ったことが不快だった。

少なくとも、理市は、もう一件、放火をしなければならないのだ。

それも、今夜。鏑木の家に。

――まさか、あのチビ刑事、鏑木サンの家まで来ないだろうな⁉

まったくタイミングの悪い刑事だ、と理市は忌々《いまいま》しく思う。大学の控室に放火した夜も、アリスは野次馬の中にいる理市を『見た』。それは、白崎が気配に引かれて理市を見たのとは、まったく種類の異なることのように感じられた。

――めんどくせー。…あいつ、ハンターか？

理市は、目を細めて顔をしかめる。

人間の中には、理市たち『血を飲む者』を捕らえ、研究機関に売り渡すことを副業としている者たちがいる。しかし彼らの大半は、殺気を隠しきれず、簡単に正体を露見させる。

その点、アリスの気配は、ぼんやりとしていて掴《つか》みどころがなかった。だからこそ、よけいに苛立ちを感じる。いっそ理市からアリスに近づいて、彼女の血を飲み、もう自分にかまうな、と暗示をかけようかと考える。

「…まさか、な」

理市は、自分の考えを笑い、アリスの存在を頭から追い出した。


「おまたせしました」

若い女性の声が告げ、アリスの前に大きな抹茶パフェが置かれた。

女性――ウェイトレスは、アクリル製のホルダーに伝票を差して立ち去る。アリスは細長いスプーンを手に、ゆっくりと抹茶のかかったソフトクリームをすくい取った。

白崎に逃げられたあと、アリスは繁華街に出た。夕飯を食べるつもりだったが、その前に、デパートに立ち寄ってネクタイを買った。

もうすぐ父の誕生日だったからだ。

ネクタイを買ったあとは、書店に行き、小一時間、本を物色した。新しいウミウシの図鑑が発行されていたので、購入するかどうかを迷ったが、名簿を取りに行かなければならない。大きな本を抱えて歩くのも面倒で、次の機会に持ち越すことにした。

書店を出たアリスは、さらに東に向かい、四条河原町《しじょうかわらまち》で北に折れて三条《さんじょう》方面に向かった。どこかで夕飯をとるために店に入ろうと思ったが、とくに食べたいものにも行き当たらず、結局、三条通にある抹茶専門の喫茶店に入った。

昼間は、平日でも行列のできる店だが、さすがに食事時は空いていた。お好きな席を、と勧められ、アリスは窓に面した席に着いた。

窓の外は、もうすっかり暮れていた。

アリスは、抹茶パフェを注文し、しばらく窓の外を眺めていた。

向かいのビルは、まるごと飲食店になっているらしく、煌々《こうこう》と明かりが点《とも》されている。その明かりの下を、たくさんの人が歩いていた。

店内にいる客の数は少なく、近くの席にいた若い母親と七、八歳くらいの娘の会話が聞こえてきた。娘は、最近流行《はや》りのアニメーションの話をしているようだ。だが、母親はメールを打ちたいらしく、とんちんかんな返事をする。

アリスは、ひそかに笑いをこぼした。

よくある母娘の会話が微笑《ほほえ》ましかったのだ。

もちろん、娘が母親に腹をたて、母親が面倒くさがっていることはわかる。それでも、彼女たちのやりとりは、たしかに宝石のような輝きを帯びた『日常』であり、アリスにとってはもう永遠に失われたものだった。

アリスの母親は、十三年前に刺殺された。

犯人が逮捕されたあと、アリスの父親はすこしおかしくなった。以前は仕事に忙殺《ぼうさつ》されてほとんど家にいなかったのに、頻繁に帰ってくるようになった。家にいるときは、フリルのエプロンをつけて、料理をしたり掃除をしたりしていた。よくアリスに話しかけてきた。おかしくもないのに些細《ささい》なことで笑い、アリスが笑わないと悲しそうな顔をした。

アリスは、自分のやり方で悲しみを癒《いや》す時間を与えられなかった。父親の態度に圧《お》され、楽しそうにふるまうことを強要されたのだ。

ほどなく、耳が聞こえにくくなった。

空を飛んでいるはずのヘリコプターの音が地面の中から聞こえたり、音楽の中に使われている楽器の音が全部、ばらばらになって別の場所から聞こえたりした。

めまいがして、立っていられなくなった。

横になっていても、世界はくるくると回っていた。

たまりかねて足を運んだ病院では、聴力の検査をされた。白衣の医師は、検査結果を示しながら、よく聞こえているよ、と言った。

『でも、この音域は、本来は人間には聞こえない。蝙蝠《こうもり》が、自分と物との距離を測るために聞くような音域なんだよ』

医師は薬を処方してくれた。薬を飲んだら症状は改善し、ほどなく完治した。

けれども、今度は別の症状が現れた。

呼びかけられるように、引っぱられるように、ふと意識に働きかけるものが、事件につながっている――。

アリスは、『オカルトちゃん』になったのだ。

――お父さんのせいよねぇ…。

アリスは、ソフトクリームをまとったバナナを口に運び、その甘味に笑みをこぼす。

父は、アリスが国家公務員総合職試験を受け、警察で働きたいと言ったとき、猛烈に反対した。母が殺されたあと、父は警察に疑われ、ひどい目に遭わされたのだ。アリスも被害を被《こうむ》った。一方で、平穏であるならばけっして関わることのないさまざまな警察官と接し、感謝の念を抱く瞬間もあった。

だからといって、個々人はいい人でした、という感想では終われなかった。アリスは、自分の五感を使い、警察という組織の深部を知りたいと望んだのだ。

もっとも、動機は壮大でも、実際は地道に経験を積み重ねていくしかない。

そう考えると、懐古《かいこ》の気持ちは消え、放火事件のことが、ふたたび思考を支配した。

犯人はいつ、どうやって現場に入ったのか？　なぜ、ドアを全開にしたのか？　結花《ゆか》が着ていた着物の柄の写真をドアに貼ったのは、なぜなのか？

犯人は、だれなのか？

放火をした目的は——？

——さっぱりわからないわ…。

証拠となり得るパーツがないのだ。犯人の痕跡《こんせき》がない。白崎が奇妙な態度をとっても、天川《てんかわ》の姿が目についても、彼らを事件に結びつける糸は見えない。貼られた写真も、それだけが宙に浮いているように感じられる。

上層部は、今回の事件を重視していないだろう。

物質的な被害は少なく、死人もけが人も出ていない。強いて言うなら、場所が特殊だが、被害の規模が小さすぎるため、学生もあまり気にしていないかもしれなかった。

『放火は目的ではなく手段だ、という可能性もあるわけです』

そう言った小平《こだいら》の言葉を思い出す。

——でも、だれが、なんのために…？

うーん、とアリスは唸《うな》った。直後に、鞄《かばん》の中の携帯電話も唸りだした。

アリスは、携帯電話をつかみ、鞄を手にして、ウェイトレスに電話であることを示しながら店の外に出る。

応答のボタンを押すと、鏑木《かぶらぎ》の声が聞こえてきた。

『こんばんは。鏑木です。遅くなりましたが、いまから自宅に戻ります。だいたい三十分くらいで着くと思いますが、名簿はどうされますか？　私はまったくかまいませんが、わざわざ来ていただくには、すこし時間が遅いかと思いまして』

「そうですね…」

迷惑かもしれない、という気持ちが七割方、アリスの心を占めた。それなのに、口はさらりと答える。

「申しわけありませんが、やはり今日中にいただけますか？　帰宅されるお時間に合わせてうかがいますし、すぐにお暇《いとま》しますので」

鏑木は、あっさり応じる。

『わかりました。では、後《のち》ほど』

アリスは電話を切り、店の中に戻ってパフェを平らげた。


鏑木の家は、北区の中でも、とくに大きな屋敷の多い一角にある。

アリスは、最寄り駅まで電車で行き、駅からタクシーに乗ることにした。

しかし、この計画は、途中までしか実行されなかった。タクシーに乗って、鏑木の家を目指しているとき、けたたましいサイレンの音が聞こえたのだ。

「火事かなぁ…」

タクシーの運転手が不安そうな声で言い、路肩によけて、後ろから来る消防車に道を譲った。消防車は、赤いランプをくるくると回しながら、前方の角を右折していった。

「あちゃー、方向が一緒やわ…」

運転手がぼやく。アリスは、反射的に言った。

「ここで降ります」

鏑木の家は、歩いても数分の距離と思われた。

まさか、あの消防車が鏑木の家に行くとは思わないが、道をふさいでいる可能性もあった。もちろん、アリスの目的地を通りすぎ、ずっと先にある火災現場に行ったのだという、希望的な観測がいちばん強かったのだが。

運賃を払ってタクシーを降りたアリスは、横断歩道を渡って細い通りに入った。細いといっても、きちんと歩道が確保された二車線の道だ。しかし、その道には、車通りも人影もなく、点々と街灯が点《とも》っているものの、妙に寒々とした闇が満ちていた。路肩に並ぶ家々の塀が高く、家の明かりが道まで届かないのだ。しかも、個々の塀が長くて、道と敷地を完全に遮断《しゃだん》する形になっている。

その暗い道の先に、消防車の赤いランプの光がぼんやりと見えた。

アリスは胸騒ぎを覚え、足を速めた。

その直後、わきの路地から出てきた人物とぶつかりそうになった。

「あ…っ、すみません!!」

かろうじて体をひねり、衝突を避けたアリスは、相手を確かめる前に、まず謝った。相手も一瞬、謝罪の気配を見せる。

けれども、互いに体勢を立て直し、顔を見合わせた瞬間に、そんな気配は消し飛んだ。

「チビ刑事…？」

「天川さん…？」

アリスと理市は、ハブとマングースのように対峙した。

ただし、どちらがハブで、どちらがマングースなのかは謎だ。

さっ、と理市が身をひるがえし、アリスに背を向けて歩きはじめる。理市が大きく体を動かした瞬間、かすかに火の匂いが漂った。

正確には、煙や煤《すす》、焦げの匂いなのだろう。そうした匂いの粒子が、理市の体についていた。つまり、彼はこの場に現れる寸前まで、火の近くにいたことになる。

「待って！」

とっさに、アリスは理市を呼び止めた。

理市が止まらなかったので、追いかけて横に並んだ。

「こんなところで、なにをしていたんですか？」

理市は、足早に歩きながら面倒くさそうに応じた。

「なんだよ。尋問を受けるようなこと、してねぇけど？」

「だったら、答えてください」

「職質かよ。しかたねぇな。…知り合いにたかりに来たんだよ」

「え…っ⁉　お金を…？」

「いや、飯。ちょっと、いま金欠でさ。前に、仕事をもらったときに、飯くらいならおごってやるって言われたもんだから、仕事終わりに歩いてきたんだ」

「その方のお名前は？」

「今夜は留守だった。だから、話を聞きに行ったりするなよ。警察が身辺をうろうろするだけで、迷惑する善良な市民は大勢いるんだからな」

アリスは言葉に詰まった。痛いところを衝かれた。

理市は、さらに足を速める。

アリスも足を速めて、なお理市に尋ねた。

「これから、食事に行くんですか？　だったら、ごちそうします」

「なんで？」

「聞きたいことがあるんです」

けれども、理市は肩をすくめた。

「任意なら、協力はここまでで。あとは令状を持ってきて。飯は、女のところへ行って食わせてもらう」

じゃあな、とかるく右手を振り、理市は両手を上着のポケットに突っ込み、足を速めてアリスをふりきろうとした。

アリスは、理市を追って歩きながら、鏑木にメールを打った。急な用事ができたので、やはり明日、名簿を受け取りたい、と伝えて謝罪する。

理市は、ぶらぶらと歩いて駅まで行き、地下鉄に乗って烏丸《からすま》駅で降りた。そこから、さらに徒歩で東に向かい、鴨川《かもがわ》の手前の道を左に折れて、飲み屋や小規模な風俗店、深夜営業のラーメン店などが並ぶ一角に入っていった。

もっとも、もう閉店している店も多い。明かりの消えたビルの陰《かげ》には、すっかり出来上がったサラリーマンが座り込み、明かりが落ちかけた居酒屋の前には、サークルの打ち上げと思《おぼ》しき学生の集団が溜まっていたが、歩いている者の姿はまばらだった。

そんな中、ピンク色のネオンが控えめに点った小さな店の前に、『サービスします』と大書きしたスケッチブックを手に提げた女性が、やる気のなさそうな態度で立っていた。女性は、ワンピースかベビードールかの判断がむずかしいミニ丈の衣服を身につけ、癖《くせ》のある髪を盛大に盛っていた。

——あれ、迷惑防止条例違反じゃないの…？

首をかしげたアリスの視線の先で、理市が足を止めた。

彼は、スケッチブックを手に提げた女性に話しかけている。

女性が笑い、店のドアをあごで示した。理市はドアを開け、女性を先に中へ入れると、自身も続いて店内へと消えていった。

アリスは足早に店に近づき、看板を確かめた。ライトがいくつか消えた置き型の看板には、『キャバクラ・ポアン』と記されている。

アリスは、自身もドアを開けた。しかし、中に一歩、踏み込んだところで、困惑顔の若い男の店員に進路を阻まれた。

「お客さん…？　…ですよね？　面接？」

「客です」

アリスは、薄暗い店内で、理市の姿を探しながら答えた。

理市は奥の席に着き、おしぼりで手を拭いている。

アリスは、もっとよく見ようとして背伸びをした。その視界に、店員が立ちはだかった。

「お一人ですか？」

「はい」

「女性のお一人は困るんですが」

「なぜですか？」

「うちは、そういう店ではないので」

「そういう店って？」

アリスの問いに、店員の眉間にしわが刻まれる。

「…女性が、女性にサービスする店です」

「サービスはいりません」

アリスは警察バッジを取り出し、店員に示した。店員の眉間のしわが深くなった。

「どんな用件ですか？」

「さっき入ってきた男性について、お聞きしたいんです」

店員が、ちらりと店の奥を見た。

「ああ。天川さんなら、未成年じゃありませんよ」

「そういうことではありません」

「あの人、なんかしたんですか？」

「…ここでは申し上げられません」

「じゃあ、協力できませんね。こっちにしてみれば、天川さんは上客なんで」

店員の態度に苛立ちが表れた。アリスは、勢いで行動した自分の無計画さに、焦りと後悔を抱いた。しかし、ここで引き下がる気にはなれなかった。

「天川さんは、よくこちらに来られるんですか？」

アリスは声をひそめて尋ね、さりげなく財布から取り出した一万円札を店員に握らせた。

その行動には、アリス自身が驚いていたが、店員は小さく咳払いしてそそくさと札を受け取り、横目で天川たちの様子をうかがいながら答えた。

「たいてい週に三日ほど」

「そんなに？　…ここは、…その、相場より安いんですか？」

「まあ、多少はね。でも、天川さんが来るのは、気に入りの女の子がいるからですよ」

ほら、と店員が、別の席から立ち上がった女性を指した。アリスは、つま先立ちして女性の姿を確かめる。

女性は小太りで、大柄で、色白で、淡い水色のベビードールのようなドレスをまとい、くるくると渦を巻く明るい色の茶髪を頭のてっぺんに盛り上げていた。ぽってりとしたくちびるは、てらてらとしたピンク色。薄暗い照明の中でも、塗りすぎたチークが目立っていた。

正直なところ、あまり化粧はうまくない。

そう思った直後、同じように化粧がうまいとは言えない自分が、批評《ひひょう》めいたことを考えるのは失礼だ、とアリスは反省した。

「あの女性は、なんというお名前ですか？」

「マリンちゃんです」

「…いいえ。源氏名ではなくて」

アリスが呆れつつ尋ねると、店員はにっと笑って、掌《てのひら》を向けてきた。次の情報は、また別料金だと言いたいのだろう。アリスはめまいを感じた。愚にもつかない答えが数個で一万円なんて高すぎる――。

できることならば、店員の胸倉をつかみ、ふざけるな、と耳元で怒鳴りたかった。しかし、実行するわけにはいかない。アリスはくちびるを噛《か》み、短い思案の末に店を出た。

外は寒かった。足許からは寒気が立ち昇り、体を秋の夜の冷気が包みこむ。かすかな風が骨身に染みた。吐く息は白く濁り、視界を曇《くも》らせた。

それでも、アリスは、店の正面出入口が見えるビルの陰に立ち、天川が出てくるのを待った。いったい何をしているのか、と思う。その一方で、どうしてもこの場を離れることができなかった。

もともとまばらだったネオンの半数が消え、まれに道を行く人影が、酔客ではなく繁華街で働く者たちの家路を急ぐ姿に代わり、赤いベルトの時計の長針が二周ほど回転したとき。

天川がいる店のネオンも消えた。

アリスは驚きに目を瞬《またた》いた。

――裏口から出たの⁉

思わず前に足を踏み出すが、その視線の先に、フェイクファーのコートを着た『マリンちゃん』をともなった天川が現れた。

天川は何気なく周囲を見回した。アリスはおおあわてで、もといた場所に飛び込む。

おそるおそる覗いてみると、二人は腕を組み、どこか楽しげな足取りで歩きだしていた。

アリスは、適度な距離を取り、物陰に身を隠しながら二人を追った。

二人は、鴨川沿いの細い道を軽快な足取りで進んでいく。

——けっこう歩くわね…。

アリスは、かるい疲れを感じつつ、懸命《けんめい》にあとを追いかける。二人は橋を渡り、大通りを山のほうに向かっていった。小さなライトで照らされた路肩の標識には『五条《ごじょう》通り』と記されている。鴨川を渡って直進すれば、清水寺《きよみずでら》へ続く参道に入ってしまう。

——深夜の清水詣《もうで》…？

まさか、とアリスが思ったとき、二人が左に曲がった。

細い路地をしばらく進むと、控えめなネオンを点《とも》したホテルが立ち並ぶ、うらぶれたホテル街に行き当たった。

二人は、歩調を弛《ゆる》め、何事かを話し合っている様子だ。

ふいに、マリンが天川の袖《そで》を引き、弾んだ様子でホテルを指さした。

天川はうなずき、マリンと連れ添って、そのホテルに入っていった。

アリスは、物陰に身を隠し、二人の背中を見送った。この先は、追いかけていくわけにはいかない。仮にホテルの中に入ったとしても、天川たちに気づかれずに彼らの動向をうかがい続けるのは不可能だ。

それに、キャバ嬢と客がホテルに入ったとなれば、やることはひとつだろう。――いや、もちろん、二人でコスプレを楽しんだり、カラオケを歌い倒すという可能性もないではなかったが、どちらにしても二人に気づかれずにアリスがその様子を見るのは無理だった。

――どうしよう…。

寒くて薄暗く、どことなく饐《す》えた臭いのする物陰にたたずみ、アリスは今後の行動について考えた。とりあえず、天川がキャバクラの常連で、マリンというキャバ嬢にご執心なことはわかった。あとは――。

――どうするのよ…？

アリスは顔をしかめた。

そもそも自分は、『オカルトちゃん』の能力に頼りすぎているのかもしれない、と思い当たる。いや、『オカルトちゃん』と称されたアリスのヤマ勘《かん》は、もともと能力と呼べるものではなかったのかもしれない。

それを、アリスが過信した。

いやな力だと思いながら、その実、特別なものだと思いあがっていた。

だから、いましていることは、まったくの無駄なのかもしれない。

アリスが息をついたとき、ふっと頭上から影が差した。もとより薄暗い場所に生じた影に驚き、視線を上げると、目の前にマリンが立っていた。

ぎょっとして、アリスは思わず身を引いた。マリンは、体格に似合わない可憐《かれん》な声で話しかけてくる。

「おまわりさん。理市ちゃんから伝言よ」

マリンのしゃべり方は、すこし舌足らずで、『リィチやん』と聞こえた。

「あのね、これから、カラオケで耐久レースをするの。それで二時間たったら、家に帰って寝る。だから、ここで見張っていても無駄だぞ、って。それから、これ」

マリンがホットの缶コーヒーを差し出した。

アリスは、マリンの無邪気さに圧されて、缶コーヒーを受け取った。

「これは？」

「えーっとね、おまわりさんは、話を聞かない人かもしれないから、カイロの代わりだって。本当は放っておこうかと思ったけど、風邪《かぜ》をひいて言いがかりをつけられたら嫌だからって」

じゃあね、と手を振って、マリンはまたホテルに駆け戻っていった。

アリスは、缶コーヒーを地面に叩きつけたい衝動に駆られた。

6

目覚めは最悪だった。

ホテルの外での張り込みは断念したものの、帰宅できたのは午前三時だったのだ。風呂に入って、ベッドに倒れ込んだものの、なかなか眠れなかった。

夜明けごろに、ようやくうとうとしはじめたと思えば、電話に起こされた。

しかも、鏑木《かぶらぎ》の自宅が放火されたという。

時刻は、アリスが理市《りいち》に出会った時刻のすこし前だった。

電話を切ったアリスは、大急ぎで支度をととのえた。家を飛び出して、駆け足で本部へと向かうと、片平《かたひら》と辻村《つじむら》が駐車場で待っていた。

車に乗り込み、後部座席に落ち着いたアリスは、身を乗り出して助手席の片平に尋ねた。

「奥さんの手術は、うまくいきましたか?」

「はい、おかげさまで」

片平が微笑《ほほえ》み、わずかだが、アリスの気持ちも軽くなった。

鏑木の家——外交官である彼の伯父《おじ》の邸宅は、門前に『立入禁止』と印刷された黄色いテープが張ってあった。その脇に立つ制服姿の警官が、すこし先にある来客用の駐車場に車を停めるように、と指図する。アリスと片平は、門前で車を降りて、駐車場に行った辻村を待たずに、立入禁止のテープをくぐった。

門から母屋《おもや》と思《おぼ》しき純和風の家屋までは、青御影石《あおみかげいし》を敷いた長いアプローチが伸びていた。アプローチの左右には、庭が広がっている。もっとも、庭は日本庭園ではなかった。全体のバランスはとれているものの、背の高い木々が無造作に植えられ、森の入口に立っているような錯覚を覚える。木々の根元は、冬枯れた芝生で覆われていた。その芝生の上には、十数羽の小鳥が降りてきて、人の目には見えない虫か木の実を熱心についばんでいた。

アプローチを進んでいくと、正面の家屋の右手後方に、離れと思しき洋館も建っていた。家屋と洋館は、ガラス張りの通路で結ばれていた。

家屋に近づくと、重厚な造りの正面玄関から鏑木が姿を現した。

鏑木は、アリスたちに向かって大きく右手を上げた。

「早朝からすみません。ご足労をおかけして」

「こちらこそ。…おけがはありませんでしたか？」

「はい。火が出たとき、私は家にいませんでしたから。通報は、セキュリティ契約をしている警備会社から出されたんです。消防のほうから警察に連絡が行き、すぐ調べに来てくださったんですが、大学での放火のことをお話しすると、おそらく片平さんたちも来ることになるだろう、と…」

「ええ。連続放火の可能性がありますからね。ただ、現時点では断定できません。…断定できるまでは、まことに申しわけないのですが、警察の人間がバラバラに同じことを聞きにうかがうことも起こります」

「それは、…調べていただくわけですから、しかたないと思っています」

「では、さっそくですが、現場を見せていただけますか？」

「こちらです」

鏑木が案内に立った。アリスたちは鏑木に続き、四枚開きの大きな引き戸がついた玄関を入ると、石板を貼った広い三和土《たたき》で靴を脱いだ。アリスは一瞬、ビニール製の足カバーを履いたほうがいいのではないか、と思ったが、それを口に出すことはなかった。片平も無言で、鏑木が用意したスリッパに足を入れる。アリスも同様にスリッパを履いた。直後、鑑識の機材の入ったジュラルミンのバッグを担いだ辻村が、邸内に飛び込んできた。

辻村は鏑木に挨拶《あいさつ》し、すぐさまスリッパに履き替える。

アリスたちは、縦に並んで、広く長い廊下を進んだ。

建物の中は、一部が洋風に造られていた。外観ほどは和風ではなく、適度に壁で仕切られていたため、和風建築独特の混迷を感じることはない。

　廊下を進み、二度ほど角を曲がると、鏑木が正面の扉を開けた。

　そこは、一般の家庭にはありえない広さの厨房だった。一方の壁面には、業務用の大型冷蔵庫。さらには、大型の換気扇を備えたコンロが並び、向かいの壁面には、大量の食器が入った作りつけの棚がある。正面の壁面には、大型のシンクが二つ並んでいた。それらに囲まれた中央には、大きな調理台が設置されていた。

　調理台の上には何もなかった。けれども、銀色の天板の表面には、黒っぽい焦げの色と、所轄《しょかつ》の鑑識が指紋を採るときに使ったのだろう白い粉が残っている。

　空気中には、まだ物の焼けた臭《にお》いが漂っていた。

「今回は、オイルライターが使われています。燃焼範囲は、およそ七十センチ四方で、放火というよりも小規模な焚火が行われたような状態だったと」

　辻村が手にしていた書類を読み上げ、あたりを見回して息をついた。

「あまりすることがありませんね」

　片平が、脇に控えていた鏑木に尋ねた。

「火が消えたあと、こちらに入られましたか？」

　はい、と鏑木がうなずいた。

「なくなった物がないか見てくれ、と警察の方に言われて。でも、私は普段、ここに出入りしないので、お役にたてませんでした。掃除をしてくれているのは、宮本《みやもと》さんという家政婦さんですし。私名義の通帳や貴金属、貴重品には被害がありませんでしたが、伯父や伯母《おば》の所有物に関しては、やはりよくわかりませんので、私がこの家に来る前から通ってくれている宮本さんに、今日、片平さんたちが来られる時間に合わせて来てもらえるようにお願いしておきました。たぶん――」

　鏑木の言葉をさえぎるようにチャイムが響いた。鏑木は、失礼、と詫《わ》びてから、壁の一角に設置されているインターホンのスイッチを押した。

「どなたですか？」

　すぐさま朗らかな響きを帯びた中年女性の声が答えた。

『宮本です。中に入ってもよろしいでしょうか？』

　鏑木が、ちらりと片平を見た。片平がうなずき、鏑木は答えた。

「いいですよ。どうぞ」

『失礼します』

　インターホンが切れ、ほどなくごく控えめな足音が近づいてきた。アリスは、厨房のドアが開き、短めの髪にきついパーマをかけた中年女性が現れることを想像した。

　けれども、実際に、ドアを開けて顔を覗かせたのは、鏑木の婚約者の高橋結花《たかはしゆか》だった。

　結花は、おはようございます、と小さな声で挨拶すると、首だけ厨房内に突っ込んだ状態で、きょろきょろと室内を見回し、鏑木の姿に気づくと破顔した。

「成人《なるひと》さん!!」

結花が、感極まった声で呼びかけた。

とはいえ、その声は、ごく小さい。

アリスは昨日、『古布里《こふり》』でも、結花が常に小さな声で話していたことを思い出した。

鏑木が、ひどく驚いた様子で、それでも微笑を浮かべた。

「どうしたの、結花ちゃん?」

「成人さんの家が火事になったって聞いて…」

「それで様子を見に来てくれたの?」

鏑木の問いに、結花がこくりとうなずき、アリスにかるく会釈した。

片平が少々、怪訝《けげん》そうな声で尋ねた。

「こちらは、鏑木さんの婚約者の高橋結花さんですね?」

「そうです。…まだ、家の中に人を入れてはいけませんでしたか?」

「…まあ、そうですね。…ところで、宮本さんという方は?」

片平が苦笑まじりに尋ねた。直後、今度はばたばたと大きな足音が聞こえ、アリスの想像どおり、短めの髪にきついパーマをかけた中肉中背の中年女性が厨房に走り込んできた。

女性――宮本は、まっすぐ鏑木に走り寄り、どこか恐怖を感じさせる声で尋ねた。

「成人さま!!　トイレの、あの汚れはなんですか!?」

「え…？」

鏑木が、気圧《けお》されたように半身を引いて問い返す。宮本はまくしたてた。

「裏にある使用人用のトイレですよ!!　どこもかしこも、白い粉だらけじゃないですか！」

「ああ…。あれは、昨夜、警察の人が――」

「警察が汚していったんですか!?」

「そうじゃないよ」

鏑木がしどろもどろで答える。アリスは見かねて口をはさんだ。

「宮本さんがごらんになった白い粉は、おそらく警察の鑑識が指紋を採るために使ったものです。…たいへん申しわけないのですが、そうした作業のあと片づけは、被害を受けられた方にお願いすることになっているのです」

宮本は、説明を聞き終えたとたんに語尾上がりの奇声を発した。

「はあ!?　警察がしたことの片づけを、警察はしないんですか!?　しかも、被害者に片づけろなんて、おかしいじゃありませんか!!」

まったくだ、とアリスも心の中で同意した。しかし、同意の気持ちを言葉で示す前に、宮本は別の切り口からトイレの惨状《さんじょう》について言及しはじめた。

「どうして、トイレなんかの指紋を採るんですか？」

その疑問には、鏑木が答えた。

「火事が起きたとき、トイレの窓が開いていたからだよ」

この一言に、いきなり宮本が勢いを失った。

「で、ですが…、あのトイレの窓は、…小さくて、人は通れませんよ。…それに、外からだと、窓が高すぎます」

「うん。昨夜来た警察の人も、そう言っていたよ。庭に面した廊下のガラスが一枚、割れていて、ロックが外されていたから、放火犯はそこから侵入したんだと思う。でも、火災報知機が作動したのが、九時二十六分。窓ガラスが割れて、警備会社のアラームが鳴ったのが、九時二十九分なんだ。…つまり、時間だけ見ると、放火犯は火をつけたあとに、ガラス窓を割って、家の中に入ったことになるんだよ」

宮本は、もうなにも言わなかった。ただ顔をしかめて立ち尽くしている。そんな宮本に、片平がやわらかな声音で問いかけた。

「この部屋の中からなくなっている物はありませんか？」

「は…？　あ…、ああ、私が調べるんですか？」

「お願いします。この部屋のことは、宮本さんがいちばん、お詳しいと聞いたので」

片平の言葉に、宮本はすこし気をよくしたようだった。表情を和《やわ》らげ、目を輝かせて、ゆっくりと厨房の中を歩きはじめた。

「…戸棚や引き出しを開けてもいいですか？」

「はい。…まだ指紋採取の粉が残っていますから、お気をつけて」

宮本はうなずき、最初にいちばん手前にあった、食器棚の下の戸棚を開けた。そこから、中を確認しながら奥の戸棚へと進んでいく。

いちばん奥の戸棚を開けた直後、宮本が叫んだ。

「刑事さん、本がありません！」

「どんな本が、何冊くらいですか？」

アリスは、手帳とペンをかまえて、宮本に走り寄った。

宮本は、手振りを交えながら言った。

「料理の本です。二十冊くらいありました。それが全部ありません。…あっ、布巾もないわ!!　キッチンペーパーも！　紙ナプキンやコースターもない。紙皿や紙コップも!!」

戸棚から引き出しのチェックに移った宮本が、口早に叫んだ。アリスは忙しくメモを取っていたが、宮本は急に動きを止め、両の眼から大粒の涙をこぼした。

「宮本さん、大丈夫ですか⁉」

アリスが肩に手を置くと、宮本はうなずき、両手で自分の顔を覆った。

「…料理の本は、奥さまが大事にしていらしたものなんです。それに、紙ナプキンやコースターは、奥さまがいろいろな国で買い求められた、とびきりかわいい柄の物だったんです。それが、放火魔なんかに焼かれたんだと思ったら…」

「悲しくなりますよね」

アリスは、宮本の肩をさすり、ふと目線を上げた瞬間、食器棚の最下段に積まれた皿のあいだに、ビーズで作った小さなバンビの人形が置かれていることに気がついた。

「あ、ほら、宮本さん。バンビちゃんが一匹、無事でいますよ」

宮本は顔を上げ、アリスの指の先に鎮座《ちんざ》したバンビを凝視した。

「なに、これ…? ずいぶん安っぽい人形ね。だれが置いたのかしら?」

宮本の言葉は辛辣《しんらつ》で、紙ナプキンのために涙を流した女性と同一人物のものとは思えなかった。だが、好意的に考えれば、彼女は好みがはっきりした女性なのだろう。どうやら食器棚の中に置かれたバンビの人形は、彼女が置いたものではなさそうだった。

「見覚えがありませんか?」

「ありません。…成人さまが置かれたんですか?」

宮本が鏑木に尋ねた。鏑木は、アリスたちのそばまでやってきて身をかがめ、食器棚の中に置かれたバンビの人形を確認した。

「見たことないな。ぼくが置いたんじゃないよ」

そうですか、と息をついた直後、アリスは小さな異変に視線を吸い寄せられた。

鏑木と一緒に、ひょこひょこと食器棚の前までやってきて、中を覗いた結花が、バンビの人形を目にした瞬間に、さっと青ざめたのだ。

それだけでなく、彼女は小刻みに震えはじめた。

「結花さん？」

アリスの呼びかけに、結花は答えなかった。

無言のまま、食い入るように、バンビの人形を見つめている。

アリスは声を強めた。

「結花さん？　このバンビに見覚えがありますか？」

「え…っ、…い、いいえ、…知りません」

ひどく動揺した様子で、結花が答えた。彼女の反応は、返事とは逆のことを示していた。

アリスは、結花を問い詰めるべきかどうか悩んだ。

しかし、心を決める前に、片平が辻村に言った。

「辻村さん。この人形を調べましょう」

するとそれまで所在なさげに棒立ちしていた辻村が、急に生き生きとした動きに変じ、食器棚の前までやってきた。

アリスは、宮本たちをうながして、辻村の仕事のために場所を空ける。

結花だけは、その場を離れがたそうな様子を示した。けれども、鏑木が手を引くと、バンビに視線を残しながらも、邪魔にならない位置まで退いた。

辻村は、まず食器棚のガラス扉が閉まった状態で写真を撮り、周囲の指紋を採った。それから、ガラス扉を開けて写真を撮り、バンビの頭頂部から伸びた細い紐《ひも》を、ピンセットでつまんで、証拠品を入れる袋に仕舞った。その後、さらに食器棚の中の指紋を採取した。大きなポンポンで白い粉がはたかれると、宮本がため息のような唸《うな》り声を発した。

厨房での鑑識作業を終えた辻村は、別室に移動して宮本の指紋を採取した。そのあいだ、アリスと片平は、鏑木の立ち会いのもと、件《くだん》の使用人用トイレを確認した。

宮本が嘆いたとおり、トイレは粉まみれでひどい有様だった。

「やりすぎじゃないですか？」

アリスが、こそりと尋ねると、片平は苦笑を含んだ声で答えた。

「ですが、ここの指紋を採ったということは、それだけ所轄がまじめな捜査活動をしたということでもありますよ」

たしかに、片平の言うとおりではあった——が。

戸口に立ってトイレの中を見れば、正面にある窓は本当に小さい。子供が体を横にすれば、なんとか通れなくもない大きさだが、大人ならばかならず肩がひっかかる。しかも、片開きの一枚窓なので、窓を外して幅を広げることもできない。

「そういえば、この窓の話をしたとき、宮本さんがちょっと動揺していましたね」

アリスの指摘に、片平が小さく笑った。

「おそらく、この窓を開けっ放しにしたのは、宮本さんなんですよ。理由は、換気のためではないか、と思います」

はたして、片平の読みどおりだった。問われた宮本は、あっさりと認め、そのトイレが妙に匂いの籠《こも》りやすい構造なのだ、と訴えたあと、真剣な表情で尋ねた。

「あの窓は、関係ないですよね？　私、損害賠償《ばいしょう》とか請求されたりします？」

「それは、鏑木さんに訊《き》いてください」

アリスは苦笑まじりに答え、宮本に対するすべての聞き取りを終えた。

そこに鏑木が、婚約披露パーティーの出席者の名簿を持ってきた。

「宇佐木《うさき》さん。これ。昨夜は、お渡しできなかったから」

「あ、ありがとうございます。お借りします」

アリスは礼を言って名簿を受け取り、新しく盗まれたものに気づいたり、破壊の痕跡《こんせき》などを見つけたりした場合、すぐに連絡をもらえるように頼んでから、片平たちと一緒に鏑木の住居を辞《じ》した。

現場を離れたアリスたちは、本部に戻る途中で、鏑木が契約している警備会社に立ち寄り、セキュリティシステムの作動時間について、鏑木の話にまちがいがないことを確認した。

「…片平さんは、どう思われますか？」

本部に戻ったアリスは、コーヒーを飲みながら片平に尋ねた。片平は、かるく首をかしげた。

「さて、どうなんでしょうね。…所轄の鑑識が、鏑木さんの家のトイレの指紋を採ったのは、割られた窓に、実際の侵入の痕跡がなかったからだとは思うのですが」

「靴跡がなかった、ということですね？」

「そうです。外から窓を割れば、多少なりとも家の中にガラスが散ります。そんな状態で、靴を脱いで侵入するのは危険です。それに、もし靴を脱いだとしても、ガラス片は動きます。その痕跡もまったくなくて、…頭を抱えたんでしょうね。それで、とりあえず開いていた窓の周辺の指紋を採った、と」

「大学の控室での放火に似ていますね」

アリスは、もう冷めてしまったコーヒーを吹き、ほどなく自分の無意味な行動に気づいて、顔を赤らめた。

しかし、片平は笑うことなく、ゆるゆるとあごを引く。

今回の放火も、どこかちぐはぐで、放火自体が目的ではないという印象がある。

「実は——」

アリスは、昨日の一部始終を片平に報告した。『古布里』で結花に会い、彼女が着ていた着物の柄が、大学の放火現場に残されていた写真の柄と酷似《こくじ》していたこと。『風雅亭《ふうがてい》』のウェイトレスの証言。そして、三十三間堂《さんじゅうさんげんどう》の前で白崎《しらさき》と理市《りいち》に会ったこと。さらに、名簿を取りに鏑木の家へ向かう途中でも、理市に出会ったことを話した。

片平は、黙ってアリスの報告を聞いていたが、聞き終わると同時に息をついた。

「宇佐木さん。それは、休日の過ごし方ではありませんね」

「…すみません」

「しかし、鏑木さんたちの控室に貼られていた写真が、高橋結花さんの着物の柄であるという事実に行きついたのは、大した手柄だと思いますよ。…ただ、これは、どう考えればいいんですかね。写真が、本当に結花さんの着物の柄なら、現場に貼られていた写真は、だれに見せるためのものだったのか…。鏑木さんだけでなく、白崎さんに向けたメッセージとも考えられる。…あるいは、…鏑木さんが結花さんにメッセージを送ったという可能性も出てきます」

「え…？　どういうことですか？」

首をかしげたアリスに、片平が躊躇《ちゅうちょ》を示しつつ説明した。

「最初の放火については説明がつきませんが、昨夜の放火は、鏑木さんの自作自演だと考えることもできる、ということです」

「あ…。それなら、火災報知機と窓ガラスの警報アラームが鳴った時間の誤差の説明がつきますね。…でも、仮に昨夜の放火が、鏑木さんの手によるものだとして、理由はなんでしょうか？　…それに、わたしは、…天川《てんかわ》さんの姿がちらちらするのが気になります」

アリスの主張に、片平もうなずいた。

「私も、いささかならず気になります。山科《やましな》署の二人が、グレーゾーンの人物だと言っていましたしね。…ただ、彼は、鏑木さんや白崎さんよりも、事件から遠い位置にいます」

さて、と片平が語調を変え、いつもと同じ調子で先を続けた。

「とりあえず、宇佐木さんが借りてきたパーティーの名簿に当たってみましょうか。親しい友人や知人なら、私たちの目がまったく向いていない鏑木さん、もしくは結花さんの事情を知っているかもしれませんし、…名簿の中に、トイレのごみ箱に煙草《たばこ》を捨てた人がいるかもしれません。それが故意なら、今回の放火事件に関係がある可能性もあります」

はい、と応えて、アリスは名簿のコピーを取った。名簿は、前半と後半に別れており、前半が鏑木の招待客、後半が結花の招待客のようだった。

「宇佐木さんは、結花さんの招待客をチェックしてみてください。私は、鏑木さんの招待客をチェックします」

アリスはうなずき、自分の机に戻って、名簿のチェックを開始した。

結花の招待客は、全部で四十人ほどだった。

勤め先である輸入家具店の上司や同僚が十二人。大学時代の友人や後輩が二十人。習い事で通っているのか、英会話教室のクラスメイトが四人。他に、四人ほど、備考欄《びこうらん》に『友人』とのみ記された人々がいた。全員が女性で、三人は京都府在住だった。残る一人は、東京が現住所になっていた。

——須賀美奈子《すがみなこ》……。

アリスは、丸みのある文字で書かれた名前を指でなぞった。

昨日、『古布里』で会った結花の養母が口にしていた、結花の友人の名前だった。名簿には、高校や中学の友人の名前がない。『友人』と記された四人が、それに該当するのかもしれないが、人数が少なすぎるような気がする。

——結花さんのお母さんは、本当は伯母さんだと言っていたわね。もしかすると、結花さんは実の母親が亡くなるまで、京都府以外の場所で暮らしていたのかもしれない。でも、三人の『友人』の住所は京都だわ。須賀美奈子さんだけが東京……。だとしたら、京都から東京に出たということも……。

アリスは、しばらく迷い、結花の伯母——養母に電話をかけた。昨日の礼を言い、結花が事件に巻きこまれているわけではない、と前置きしたあと、結花の生い立ちについて尋ねる。すると、養母は、不安の残る声で教えてくれた。

結花は、東京で暮らす養母の妹のもとに生まれた。妹は結婚しておらず、父親についてはなにも語らなかった。とくに資格もないシングルマザーの身では、結花を育てるのも大変かと思い、養母は結花を養女に迎えたいと申し出たが、妹に突っぱねられた。けれども、結花が十七歳の冬、母親——養母の妹が事故で亡くなったため、京都に引き取り、あらためて養子縁組をしたのだという。

『妹は、東京での生活に困窮《こんきゅう》していました。…ですが、気の強い性格で、仕送りなど受け取りませんでしたし、結花を引き取ることも、あまりきつく言うと、結花を連れて姿をくらましてしまう危険があったもので、…なかなか手が打てなかったんです。…結花は、生活のためにアルバイトに追われて、まともに高校に行けなかったようです。でも、京都に来てからは、塾に通って、高校卒業認定試験を受けました。大学は、名門校に現役合格しましたし、本当に…、とてもがんばり屋なんです。…そのことは、成人さんも、ご両親もご存じです。…けど、もしも、放火犯が結花のそういうところに不服があって、成人さんの周辺で放火をしているのなら、それは私の責任で——』

「ち、ちょっと待ってください‼」

アリスは、あわてて養母を止め、電話での確認は形式のひとつだと、あらためて説明した。説明しながら、説得力のない話だとは思ったが、犯罪者に対して養母や結花が責任を感じる必要はまったくない、と力説する。

「仮に、…ものすごく可能性が低いことですが、もしなにか気になることがありましたら、すぐにお電話ください。…重ねて申しあげますが、いまの時点で、結花さんが標的にされている確証は、まったくないのですが」

ありがとうございます、と養母は礼を言って電話を切った。アリスも、重苦しい気持ちで電話を切り、あらためて名簿に目を向けた。

結花は息をつき、ソファに置いたクッションにもたれかかった。脳裏には、昨日、『古布里』で会ったアリスの姿がある。あのときは、とても刑事に見えなかったが、鏑木の家で再会したときは、一人前の刑事に見えた。

――バンビのこと、気にしてた…。

鏑木の家の食器棚の中に置かれていた、高さが二センチほどのピンクのビーズのバンビの人形は、かつて結花が鞄《かばん》につけていたのと同じものだった。

バンビの人形のことは忘れたかった。もう忘れた、と思った瞬間もあった。それなのに、人形を目にしたとたん、一瞬で記憶を引き戻された。

あのころ――。

結花は、東京の下町の小さなアパートの一室で、母と暮らしていた。

父はいなかった。結花が物心ついたころから、父親の存在を感じる瞬間はなく、まるで母が一人で結花をこの世に生み出したかのようだった。

母は、おもに事務の仕事をしていた。ときには、スーパーでレジを打っていた。

そして、たいてい毎日、部屋に男を連れ込んだ。

結花は、男が帰るまでアパートの外にいた。小学生のときは、公園や図書館で時間をつぶした。けれども、中学生になると、それもできなくなった。生活圏を同じにする級友たちの視線が気になりはじめたからだ。

それ以前から、結花は『かわいそうな子供』と目《もく》されていた。

たまに、学校の教師や区の職員などが訪ねてきた。

しかし、母は、懸命《けんめい》に働き、けなげに子供を育てるシングルマザーになりきった。

母の姉である伯母は、結花を引き取りたい、と何度か母に申し出た。そのたびに、母は火がついたように怒りだした。

結花は自分の娘なのだ。自分が腹を痛めて産んだ子だ。懸命に働いて育ててきた。わがままな時期も、病気をしたときも、ずっと見守ってきたのだ、とわめきたてた。

まるで、飽きて放り出していたおもちゃを、他の人が欲しがったとたんに、自分の所有物だと強く主張する子供のように――。

伯母は、いつも退いた。

結花は、伯母に助けを求めたかった。

けれども。

母の仕打ちを、こと細かに打ち明ける気にはならなかった。

子供のころから母の顔色をうかがってきた結花にはわかったのだ。伯母がなにか行動を起こそうとすれば、母はもっと早く動く。結花を、二度と伯母に会えない場所に連れていく。

だから、結花は息をひそめていた。

あのころの結花は、母親がいて、家のある子供だった。

子供のころは、不定期でも食事をとらせてくれた。たまには、新しい服や靴を買い与えてくれた。結花がすこしでも反抗的な態度をとると、腹や背中を殴りつけてきたが、『女の子だから』と理由をつけて、顔には攻撃を加えなかった。

もっとも、そんな干渉も、結花が中学を卒業する直前になくなった。

母は、まったく食事を作らず、結花に食費も与えなかった。まだ成長期だった結花が、どんどん着られなくなる衣服に焦りを感じても、遠慮がちに相談しようとしても、耳を貸すことさえしなかった。

本当は、中学を卒業する前に、職場を見つけておくべきだった。

しかし、空腹や疲れに苛《さいな》まれ、現実に行動することがむずかしかった。中学校にいるときは、たいてい保健室で眠っていた。

担任も、養護教諭も、結花にはなにも尋ねなかった。

中学を卒業したあと、職を得ることはできなかった。常に、いますぐ口にできる食べ物を得たいという気持ちを抱えていた。体を引き絞られるような空腹を抱えたまま、何時間も働くことには耐えられそうもなかった。中学の卒業資格しかない少女に、日払いで給与をくれるような職場も見つけられなかった。

結花は毎日、日暮れとともに家を出た。

母が男を連れて帰宅する前に、姿を消さなければならなかった。

夕方、家を出ると、まずゴミを漁《あさ》って飢えを満たす。賞味期限切れの弁当などが入った、コンビニから出されるゴミだ。夜は、眠らずに終電の時間まで駅舎で過ごした。そのあとは、夜が明けるまで、コンビニをはしごして歩いた。

昼間は、家に戻って眠った。

そして、また母が戻る前に家を出た。汚れた衣服や、他人の目も気になったけれど、思考の大半を占めるのは、いつも食べ物のことだった。

そんな結花が、一人の少女と出会ったのは、夏の夜のことだった。

綿製の半袖《はんそで》短パンのパイナップル柄の黄色い服を着て、肩までの髪を金色に染めた少女は、買い物をした袋を提げてコンビニから出てきた。直後、コンビニの前に置かれた自動販売機の脇に座り込んでいた結花に、声をかけてきたのだ。

『ねえ、あんた、大丈夫?』

『え…?』

はじめは、自分が話しかけられているとは思わなかった。

のろのろと顔を上げると、少女は結花のそばに身をかがめた。

『なんか顔が青《あお》い。具合が悪いの？』

結花は首を横に振った。その瞬間、腹の虫が悲鳴のような声で鳴いた。

少女は一瞬、呆気《あっけ》にとられたような顔をし、すぐに笑い崩れた。

『腹が減ってんだ。食べる？』

買ったばかりだろう菓子パンと炭酸飲料水を袋のまま差し出され、結花はためらいつつも袋を受け取った。パンをかじると、ほっこりとした甘味が口に広がり、涙があふれ出た。

同時に、そのパンは、少女が自分で食べるために買ったものだ、という考えが浮かんだ。

結花は、菓子パンを二つに割り、自分が口をつけていない半分を、少女に差し出した。気味悪がられるかもしれない、と不安を感じたが、少女は笑い、パンを受けとって食べた。

『このパン、昔のほうがうまかったよね』

少女は自分の指先を舐《な》めながら言い、ふいに立ち上がって結花の腕を引っぱった。

『食べたらよけいに腹が減ったわ。ラーメン食べに行こうよ』

『…無理』

『なんで？』

結花はうつむいて、消え入りそうな声で答えた。

『お金が…ないから』

『あたしがおごるよ』

『でも…』

『一人だと店に入りにくいからさ。付き合ってよ』

行こ行こ、とリズミカルに少女が誘った。

結花は、ゆっくりと立ち上がった。

少女に連れられて、近くのラーメン屋に行き、薄切りされた大きなチャーシューで表面が覆われたチャーシュー麺《めん》を食べた。

出汁《だし》の効いたしょうゆ味のスープは、結花の全身に滲《し》み渡った。

そのとき、結花は気づいた。

自分が、長いあいだ、温かい食べ物を口にしていないことに。

温かいということが、どれだけ食べ物をおいしくするのか、ということに。

麺をすすりながら、結花はまた泣いた。

結花が泣いているあいだ、少女は気づかぬふりをしてくれた。

少女の名前は、須賀美奈子といった。

チャーシュー麺を食べたあと、美奈子は結花を自分の家に連れていった。

美奈子も、結花と似たような境遇だった。母親と二人暮らしで、古く狭いアパートに住み、完全に放任されていた。

結花とちがうのは、母親がほとんど家に帰ってこないことだった。

『お母さんは、どこにいるの？』

結花の問いに、美奈子はきつい顔で笑った。

『さあ、知らない。家賃は払ってるみたいだから、生きてはいるんじゃない？』

『美奈子ちゃんのこと、心配してるんだ』

『してないよ。あたしにねぐらを与えとかないと、役所の連中とかがうるさいからでしょ。家賃払う以外には、ぜんぜん金とかくれないし』

そう言いながら、美奈子は結花に新しい服をくれた。買ったけれども、着る気がなくなったからと。

結花は、ひさしぶりに風呂に入り、一晩中、美奈子とたわいない話をした。

翌日も一緒に過ごした。

夕食は、美奈子に誘われて、ファミリーレストランで食べた。

食事が終わると、美奈子はアルバイトに行く、と言った。自分が帰るまで、自分の家にいてもいい、と鍵《かぎ》を渡してくれた。

結花は、美奈子の家へ帰った。それ以後は、ほとんどの時間を美奈子と一緒に過ごした。

食事は、いつも美奈子がおごってくれた。連れだって買い物に行き、服や鞄を買ってもらうこともあった。結花は、美奈子に払わせることを申しわけなく思い、衣服や鞄に興味を示さないように努めたが、それでは楽しくない、と美奈子は怒りだした。

『いいじゃん。これ、結花に似合うよ』

『でも……』

『あたしがいいって言ってるのに。なんで結花が否定するの』

それとも、と美奈子は急に寂しそうな顔をする。

『これ、好きじゃない？　結花は、あたしの選んだものは気に入らない？』

『そんなことないよ!!』

結花は、美奈子のことは大好きだけど、お金を使わせるのは、やはり申しわけない気持ちになることを、懸命に説明した。

するど、美奈子は機嫌を直し、満面の笑みを浮かべた。

『じゃあ、買お。心配しなくていいよ。あたし、稼いでいるから』

『…アルバイトのことだよね？』

『そう。時給は、二万円から四万円ってところ』

ひひひ、と美奈子は、わざと下卑《げび》た調子で笑った。

結花は驚いて尋ねた。

『なんの仕事をしているの？』

『援デリ』

　聞いたことのない言葉だった。首をかしげる結花に、美奈子が言った。

『まあ、援交みたいなもん。ケータイで、出会い系にカキコして、客を捕まえるんだよ。あたしは、客を捕まえる打ち子もしてるから、その分、よけいに金が入るんだ』

『打ち子…？』

　ますます混乱する結花に、美奈子がかるい口調で尋ねた。

『結花もやる？　あたしらのチームは、いいケツを使ってるしさ、ハリもちゃんといるから危なくないよ。あたしがリーダーだから、結花が変な客に当たらないようにできるしさ。なんてったって、あたしらバリバリの未成年《アンダー》だから、一時間で二万はかるいよ』

『…売春…するの？』

　いやだ、ととっさに結花は思った。見ず知らずの男に体を触られるなど耐えられない。その気持ちが顔に表れたのか、美奈子が寂しそうな顔で笑った。

『別に、無理にとは言わないよ。…あっ、このバンビ、かわいー。二つ買って、ひとつずつ鞄につけようよ』

　美奈子は、近くにあったスタンドから、ピンクのビーズで作られたバンビの人形を二つ取り、結花の返事を待たずにレジまで持っていった。

バンビの人形は、ひとつ三百八十円だった。

それを鞄につけた五日後から、結花は援デリという名の売春をはじめた。


クッションを胸に抱えて、物思いに沈んでいた結花は、ふいに動き出した。美奈子のところに電話をかけたのだ。

コール音は、十回以上聞こえた。

もう出ない、と思って、電話を切ろうとしたとき、美奈子の声が応えた。

『もしもし？』

「ミイナ？」

結花は美奈子に愛称で呼びかけた。対する美奈子の反応は硬かった。

『…なんか用？』

「いま忙しい？」

『別に…』

気のない答えを返され、結花は気持ちがくじけそうになった。

美奈子とは、ずっと友達だった。母が不慮《ふりょ》の事故で亡くなり、伯母に引き取られて京都で暮らすことになったあとも、電話で連絡を取り合っていた。一年に一、二度は、美奈子が京都に遊びに来た。結花は、女性に人気のあるホテルを取り、知恵を絞って美奈子を歓待した。

美奈子が笑ってくれるとうれしかった。

だが、先日、婚約披露パーティーのため、京都まで来てくれた美奈子は、どこかよそよそしかった。

もう結花とは付き合いたくない、と考えているのだろうか。

「疲れているの？　大丈夫？」

結花の問いかけに、美奈子は沈黙した。

送話口から美奈子の息遣《いきづか》いだけが聞こえる。

結花は眉をひそめた。

「なにかあった？　ほんとに大丈夫？　いま話したくないなら、またかけ直すけど——」

『あんたは……？』

聴き取りにくい、かすれた声で美奈子が尋ねた。

『あんたは、どう？　いつもどおり？』

「…ううん。ちょっと、…困ってる。だから、電話したの」

『あたしに関係あること？』

「…うん。…できたら、力を貸してほしいの」

結花は、美奈子の体調が悪いのではないか、と心配しながらも、放火事件のことを話した。鏑木の控室が放火されたこと。その後、自宅にも放火され、現場の食器棚に、ピンクのビーズのバンビの人形が置かれていたこと。

「覚えてる？　ミイナが買ってくれたビーズのバンビ。私、すごく気に入って、ずっと鞄につけていたけど、…『仕事』のあとに、…なくしちゃったでしょ」

結花は声を落とした。

あのバンビは、たぶん盗まれたのだ。

基本的に、援デリは出会い系サイトで客を捕まえる。打ち子と呼ばれるグループの統括者が、売春する女性に代わって、援助交際希望の書き込みをする。その書き込みに対して応答してきた男性と、時間や金額などを取り決める。そして、キャストと呼ばれる女性を、あらかじめ決めておいた場所に派遣する。

売春に使うホテルも、打ち子が事前に交渉しておいて、待ち合わせ場所に現れた男性が、女性を脅したり、別の場所に連れていったりしないかを、ハリと呼ばれる監視役が見張る。問題が起きたら、ケツと呼ばれる男たちが出てくる。たいていの荒事を引き受けて、客である男性と話したり、ときには暴力をふるったりするのだ。

結花は、ケツを呼ばなければならないような事態には陥ったことがなかった。けれども、それは、結花自身がそうした事態を避けていたからでもある。変な客は山ほどいたし、その中には、結花が身につけていた下着を欲しがる者や、こっそり盗む者がいた。

そうした事態に直面するたび、結花は吐き気を覚えた。

だが、たいていは知らぬふりをした。

大騒ぎをして、客の男性と過ごす時間が長くなるのが嫌だったのだ。

鞄につけていたバンビの人形がなくなったのも、『仕事』をしたあとだった。

ただし、ないことに気づいたのは、ホテルを出たあとだった。

客が盗《と》ったのかもしれない、あれだけは取り返したい、と切望しながらも、結花は美奈子たちが待つファストフード店に戻った。

饐《す》えた臭いのするホテルの部屋には、もう入りたくなかった。客の顔を見るのも、言葉を交わすのも、鳥肌が立つほど嫌だった。

バンビの人形がなくなったことを訴えると、美奈子は数日後、黒い羊の人形を買ってきて、一緒につけようと言ってくれた。

美奈子の気持ちはうれしかった。

それでも、結花は、しばらくバンビの人形のことを口にしていた。

本当に、とても気に入っていたのだ。

美奈子は、そのたびに結花を慰《なぐさ》めてくれた。

「あのバンビ…。たくさん売っていたから、成人さんの家にあっても、別におかしくないとは思うの。でも、成人さんも、家政婦の宮本さんも、見たことがないって言うのよ。成人さんはともかく、いつも掃除や料理をしている宮本さんが知らないなんて変だわ」

『そう…かもね』

「ミイナは、あのあと、バンビをどうしたの？」

　結花の問いかけに、とつぜん美奈子の声が大きくなった。

『まさか、あたしを疑ってんの!?』

　結花は、すぐに真剣な気持ちで否定した。

「そんなわけないじゃない!!　…でも、グループの中のだれかに譲ったりしなかった？　それとも、私があのバンビを大事にしてたこと、だれかに話したりしなかった？　…こんなこと言って、あきれているのはわかる。だけど、不安なのよ。…あのころの、…客の中には、いろいろ変な人がいたわ。これからも会おうと言ったり、家までついていくと言ったり、…住んでいるところはすぐに突き止められる、と脅したり…」

『…そういう客が、結花を脅しているっていうの？』

「その可能性もあるかな、って…」

　ふいにためらいを感じて、結花は声が小さくなった。

　美奈子の冷静な声を聞いていると、自分がひどく荒唐《こうとう》無稽《むけい》な妄想を抱いているような気分になる。しかし、美奈子は、短い沈黙の末に、そうね、と言った。

『あのころの客の中には、まだ数人、連絡が取れるヤツがいるから』

「え…っ？　いまも…!?」

『うん。…あのころ、あたしら、未成年だったけど、そんなの期限付きじゃん。打ち子をするのも、けっこうメンドーだし、よさそうな客だけキープしといて、そいつらだけを相手に商売すんのもいいいか、と思ってさ。他にも、同じグループにいた子で、客を彼氏にした子とかいるから、結花にそんなことをしそうなヤツがいないかどうか、訊《き》いといてあげるよ。…そのために、あたしに電話してきたんでしょ？』

「…ありがとう」

美奈子の問いかけに、殴られたような気分になりながら、結花は礼を言った。美奈子を利用しようという気持ちはなかったが、現実は、美奈子が言うとおりだった。

7

鏑木《かぶらぎ》の自宅が放火されてから丸三日、アリスは片平《かたひら》とともに名簿に記された人々に接触を続けた。まず電話をかけて、簡単に事情を説明し、婚約披露パーティーに出席していた人の中に怪しい行動をとる人がいなかったか、あるいは鏑木の、結花《ゆか》の身辺にトラブルの様子がなかったかどうかを確かめる。

会える相手には、直接、会いに行った。

鏑木の友人、知人の証言は、鏑木がおっとりとした性格で、いささか変人、しかし善人、というイメージをアリスの中に構築した。対する結花の友人、知人は、結花が内気な努力家である一方、意外に世慣れた一面を持ち、交渉事に強い、と証言した。

どちらの友人、知人とも、鏑木と結花は良い相手を見つけたと称賛し、結婚式に招かれるのが楽しみだと話した。二人とも、のろけ話をするような性格ではないが、婚約披露パーティーでの仲睦《なかむつ》まじい姿は微笑《ほほえ》ましく、互いに強く惹《ひ》かれあっている様子だったという。

パーティーの際、二人になにか深刻な悩みを抱えているふうはなく、パーティーのあとも、とくにトラブルの相談などを受けた者はいなかった。

もっとも、結花の友人たちは、白崎《しらさき》に対して腹をたてていた。そして、結花の着物の柄の写真とバンビの人形の写真を見せると、全員が着物の柄については『どこかで見たことがある』と答え、バンビの人形については知らないと答えた。

彼らと話すうちに、アリスはだんだん気が重くなってきた。

話を聞くためには、鏑木が事件に巻き込まれていることを説明しなければならない。さらには、それが結花に向けられたものかもしれない、と付け加えなくてはならない。

そうした行動は、説明を受けた人々に偏見を抱かせてしまう危険がある。

そもそも、結花たちは知られたくないだろう。たとえ犯人の逆恨みだとしても、犯罪の標的にされるほど、だれかに恨まれている可能性があることなど。

それを、アリスと片平は公言しながら歩きまわっているのだ。

かつて、母が殺されたとき、警察は同じことをした。母を知らない人たちが知らなくてもいいこと、知る必要のない事柄を呼び水にして、捜査に必要な情報を集めようとした。

そのせいで、母は、隠しておきたかっただろう秘密を暴露された。

あのとき、アリスは思い知ったのだ。

警察は被害者を守らない。彼らが守っているのは治安であって、個人ではない。

とはいえ。

警察に対して怒りしかない、と言えば嘘になる。少なくとも犯人は捕まった。幼いアリスに慰《なぐさ》めの言葉をかけた女性警官や、無遠慮に押し寄せるマスコミから守ろうとしてくれた刑事もいた。彼らの存在は、闇で光る埋火《うずみび》のようにアリスの記憶に残っている。あの小さな火の輝きは、いまのアリスを動かす力となっているのかもしれない。

だが、現実にやっていることは、幼いアリスを傷つけた、大勢の警察官と同じことだった。

だんだんと沈んでいく気持ちと戦いながら、アリスは名簿の名前をつぶしていった。

そして、三日目の夜、最後に残った一人——須賀美奈子《すがみなこ》に、四度目の電話をかけた。

長いコール音が聞こえ、やはり不在かと考える。直後に相手が応じた。

『もしもし…?』

問いかける声はくぐもっていた。

眠っていたのか、不機嫌なのか、アリスは努めて冷静に名乗った。

「京都府警本部の宇佐木《うさき》と申します。須賀美奈子さんでいらっしゃいますか? 現在、捜査中の放火事件について、お話をうかがいたく、お電話をさせていただきました」

『…どゆこと?』

美奈子の声が、かすかに真剣みを帯びた。アリスは一瞬の躊躇《ちゅうちょ》の末、口を開いた。

「鏑木成人《なるひと》さんをご存じですか?」

『え…？　…ああ、友達の婚約者』

「その方の身辺で、放火が起きているんです」

『…だから、なに…？』

「放火が、婚約者の高橋《たかはし》結花さんに対する脅しである可能性もあると考え、婚約披露のパーティーに出席なさった方々に話をうかがっているんです。須賀さんは、高橋さんからなにか相談など受けられていませんか？」

『…別に。のろけなら聞いたけど』

「京都に滞在なさっているあいだ、不審な人物に気づかれたりはしませんでしたか？」

『…結花の着物に、料理をぶっかけた女がいたよ。そいつ、サイテーなことしたのに、きゃらきゃら笑いながら、パーティーが終わるまで、ずっと店にいた』

アリスは苦笑した。白崎は、ずいぶん結花の友人たちに憎まれてしまったようだ。

「他には、なにかありませんでしたか？」

『ないよ』

「須賀さんは、結花さんのお友達ですよね？」

『…そうだけど？　だったら、なんなの？』

美奈子の声が鋭さを帯びた。アリスは穏やかな声調で言った。

「以前の結花さんの様子もお聞きしたいんですが」

沈黙が訪れた。それでも、電話の向こうに気配は感じられる。

「須賀さん？」

アリスの呼びかけに、美奈子は口早に応じた。

『もう行かなくちゃ』

「どこかにお出かけですか？」

『仕事』

投げつけるように言われ、アリスは思わず壁の時計に目をやった。銀縁の丸い掛け時計は、夜の七時十九分を指していた。

「では、あらためてお電話を――」

『話が聞きたいんなら、直接来なよ。あたし、知らないヤツと電話でしゃべるの、いやなんだよね。だから、電話は、もうお断り』

言い終えると同時に電話を切られた。しかたない部分もあるが、アリスは呆然とする。

その様子に気づいた片平が、自分の机についたまま問いかけてきた。

「どうかしましたか？」

アリスは、苦笑を交えて答えた。

「電話を切られました。話を聞きたいのなら、直接、来いと言われて」

「…それは、ちょっと無理ですね」

片平も苦笑した。そうですよね、とアリスも残念な気持ちで同意した。

京都の友人、知人が、だれ一人としてバンビの人形を知らない以上、ぜひとも美奈子にも直接、写真を見せて尋ねたかった。それに、アリスは、美奈子の反応が気になっていた。アリスの話を聞いた直後の反応が、他の友人に比べて、極端に薄かったのだ。

もちろん、大げさに心配しなければならないという決まりはない。けれども、わざわざ東京から出向き、結花の自宅に泊まってまでパーティーに出席した友人の反応にしては、いささか不可解だった。

とはいえ、今回のような事件で、容疑者でもない人間に話を聞くために、遠方――それも管轄外《かんかつがい》の土地まで出向いていく許可が下りるはずはなかった。

また行き詰まりだ、とアリスが思ったとき、ふいに片平が言う。

「明日は非番ですね」

そうか、とアリスは自分の迂闊《うかつ》さに驚くと同時に、救いの光を見出したような気持ちになった。ただし、その光は、『オカルト』の誘惑かもしれなかったが――。

すみませんね、と片平が詫《わ》びた。

「うちの家内がけがして、無理に有休をとらせたものだから」

「飛び石連休ですね」

アリスは笑った。自らの閃き――もしくは『オカルト』の誘惑に従うべきか否かに迷いながら。

翌朝、アリスは始発の新幹線に乗り、東京に向かった。

表向きは父に誕生日のプレゼントを届けるためだ。だが、東京駅に降り立った足は、そのまま美奈子の家のほうへと向いた。

須賀美奈子の住居は、単身者用の小さなマンションだった。

一見したところ、かなり老朽化しており、外観が煤《すす》けている。

それでも、飾り気のない入口から中に入ると、しみだらけのコンクリート張りの床の向こうに、エレベータがあった。アリスは狭いエレベータに乗り込み、五階のボタンを押した。

がこん、という不安な音をたて、エレベータが動き出す。その速度は、けっして短気ではないアリスが、いらいらするほど遅かった。

やがて、ごん、という音とともに、強い衝撃が生じた。

故障か、とあわてるが、ぎこちなく扉が開いていく。五階に到着したらしい。

ほっ、と息をついたアリスの眼前に、天川理市《てんかわりいち》が立っていた。

「え…っ⁉」

アリスは、思わず疑問のこもった声をもらした。

襟元《えりもと》にボアのついた革ジャンを着て、ポケットに両手を突っ込んでいた理市は、一瞬、呆気《あっけ》にとられたような表情を浮かべたが、すぐさま無表情に転じて、冷ややかな声で言い放った。

「早く降りろよ」

「なんで、ここに…?」

「降りないんなら、乗るぞ」

まだ中にアリスがいるのに、理市がエレベータに乗り込もうとする。

アリスは、あわてて理市の体を押した。

すると、理市はするりとエレベータの外に出た。理市を押していたアリスは、勢いのままに、エレベータ前の通路に倒れ込んだ。

理市は、さっさと空になったエレベータに乗り込み、もはや一言もなく下降していった。

「え…? え…っ!? どういうこと…!?」

よろめきながらも立ち上がったアリスは、エレベータの扉のガラス越しに、暗い空間を凝視した。

通路に立ち、視線を巡らせても、目に映る部屋のドアは三枚。つまり、この階には、三つしか部屋がないのだ。

そんな場所――しかも東京で、理市に会うのが偶然のはずはなかった。

アリスは、理市を追いかけていこうかと考えた。

しかし、もう追いつけないだろう。

——天川さんを問い質《ただ》すなら、京都に戻ってからだわ。

アリスは、自分に言い聞かせて、通路のいちばん奥にある美奈子の部屋へと向かった。

ノックをすると、すぐさまドアが開いた。

直後に、怒声が響いた。

「いい加減にしないと、警察を——」

語尾が細り、空気に溶けた。

アリスは、驚きに躍《おど》る心臓をなだめつつ、開いたドアの内を見る。

そこには、若い女性が立っていた。小さめの顔は、線が細くてととのっている。その顔を、大きく波打つ明るい茶髪が彩る。女性は中背で、黒いジャージの上下を身につけていた。

アリスは掠れた声で言った。

「…警察です。なにか、お困りのことでも？」

女性は憮然《ぶぜん》とした調子で答えた。

「ないよ。…なんか用？」

「須賀美奈子さんですね？」

「…そうだけど」

「昨日、お電話しました、京都府警の宇佐木です。高橋結花さんのことについて、お話をうかがいに来ました」

「うそでしょ…?」

女性――美奈子がひきつったような笑いを浮かべた。アリスは、真顔で応じた。

「話が聞きたければ、直接、来いとおっしゃいましたので」

来ました、と言うと、美奈子は瞬時、顔に怒りを表した。けれども、すぐにあきらめたように息をつき、親指で自分の背後を指した。

「しょうがない。入りなよ。ほんとは入れたくないけど、ここは寒いわ」

アリスは、美奈子に続いて家の中に入った。

美奈子の家は、ひどく物が多かった。

細くて短い板張りの廊下には、壁にぴたりとつける形で、小さな箱が積み上げられていた。頭上にも、突っ張りタイプと思《おぼ》しき棚がつけられ、箱が置かれている。箱がない壁面には、無数のピンが押され、華やかな色合いのアクセサリーや服が、隙間《すきま》もないほどびっしりと掛けられていた。

細く開いたドアから入ったリビングも、息が詰まるほどの量の物で埋め尽くされていた。これまた問屋のように積み上げられた箱と、壁に掛けられたアクセサリーや服、バッグ。

それらの中心に、ぽっかりと穴のような空間があり、ガラスの天板の小さなテーブルが置かれていた。テーブルの上には、飲みかけのお茶のペットボトルと、バードバスを模した灰皿があったが、他にはなにもなく、灰皿の周囲が汚れているということもなかった。

「そこ、座って」

美奈子は、だらしない恰好で黄色い座イスに座り、テーブルの下にあるクッションを指した。クッションは、かなりの年代物だった。かつては、ふかふかだったのだろうが、いまはぺちゃんこに潰れ、座布団の親戚のような姿になっている。

アリスが動きを止めると、美奈子は不機嫌な口調で言った。

「なんか不満なの？」

「…物を大事にされているんですね」

アリスがやわらかな応えを返すと、意外にも美奈子は顔を赤らめた。

「捨てられないんだよ。…なんか、…かわいそうで」

「この箱の中身も——」

思い出の品ですか、とアリスが問う前に、美奈子は荒い口調で言った。

「それで、なに？　結花のことを話せばいいの？」

「はい、お願いします」

アリスがクッションの上に正座すると、美奈子は近くの箱の上から細長い籠《かご》を取り、爪を磨くためのやすりを取り出した。

「結花とは、高一のときに会った」

爪の上で、やすりを動かしながら、美奈子はアリスを見ずに言う。

「よく一緒に遊んだよ。ゲーセン行ったり、ラーメン食べたり。あたしは、そのころから、こんな恰好だったけど、結花はまじめだった」

「まじめというのは？」

「髪を染めたり、ツケマしたり、そういうのは好きじゃなかった。…やさしくて、…うん、やさしい子だったよ。それ以外のことは知らない」

「結花さんの家に行かれたことは？」

「ないよ。…そういえば、あたし、結花の家も知らないわ」

ははっ、と乾いた笑いをこぼし、美奈子が続ける。

「家で遊ぶときは、いつもうちだった。…そんで、高二の途中くらいに、結花のお母さんが死んで、結花は京都に行ったんだ」

「結花さんが京都に行かれてからも、親しく付き合っていらしたんですよね？」

「…まあ、友達？　電話で話したり、たまに遊びに行ったりしてる」

「結花さんが東京に戻られることはありますか？」

「…さあ。ないんじゃない？　東京行くよって、連絡が来たことはないから」

「そうですか。結花さんとは、どこで知り合われたんですか？」

「…コンビニだけど、ねえ、これって尋問なわけ？」

美奈子が不機嫌な声で問い、視線を上げて体を起こした。

「…あたしが疑われてんの？」

アリスは、いいえ、と答えた。

「美奈子さんは、結花さんととくに親しいご友人のようなので——」

「…そんなことないよ」

ぼそりと否定し、美奈子は顔をしかめて目を伏せた。

沈黙が落ち、重苦しい静寂が二人のあいだに満ちた。

これ以上は、なにも話してくれそうにない。そう判断したアリスは、鞄《かばん》から写真を取り出した。まず着物の柄の写真を示すと、美奈子はわずかなためらいののち、「結花の着物の写真だろ」と答えた。

「着物、お好きなんですか？」

「別に…」

「そうですか。では、こちらの写真も見てください」

アリスは、鏑木《かぶらぎ》の自宅の放火現場に置かれていたビーズのバンビの写真を示した。

美奈子は、ちらりと写真を見ただけで、首を横に振った。

「知らない」

その態度は、『知っている』と告げていた。こういう写真を示すと、たいてい相手は写真の由来を問うてくる。答えることはできないし、相手もアリスが答えるとは思っていない節があるが、質問の対象となっている相手を案じているときは、ごく自然な反応だった。

しかし、美奈子はあくまで無関心を貫いた。

「そろそろ帰ってくんない？　仕事に行く前に、すこし寝ておきたいから」


美奈子の家を出たアリスは、北千住《きたせんじゅ》に向かった。結花の養母から、結花が北千住に住んでいたことを聞いていたのだ。

役所に行って警察バッジを示し、北千住在住の子供が通える公立中学校をすべて教えてほしい、と頼むと、各中学校名と所在地、電話番号を一枚の紙に打ち出してくれた。

役所から近くの公園に移動したアリスは、寒空の中、ベンチに腰かけて、打ち出された中学校の上から順に電話をかけていった。

結花の卒業年と名前を告げ、在校の有無を尋ねる。すると、四つ目の中学校から、在校していた、との返答を得た。

アリスは結花が通っていた中学校に向かった。

受付で来校の理由を告げると、会議室のような部屋に通され、ほどなく小太りの中年女性がやってきた。

女性は、坂巻《さかまき》と名乗り、結花の三年時の担任だったと言った。

そして、結花がいま、元気でいるかと尋ねた。

「はい、お元気ですよ」

アリスが答えると、うつむきがちだった坂巻の顔に安堵《あんど》の色が広がった。

「…よかった」

「なにか、ご心配なことでも?」

ええ、と答えた坂巻は、意を決した様子で話しだした。

結花は、目立たない生徒だった。率先してなにかをすることがない代わりに、問題も起こさなかった。ただ、登校しても保健室で寝ていることが多く、仲のいい友人もいなかった。

坂巻は、結花が保健室で本格的に睡眠をとっている、と養護教諭から聞かされた。通常ならば、夜遊びを疑うところだが、実際は結花から話を聞くこともしなかった。

当時、坂巻のクラスには、手のかかる生徒が複数いて、彼らへの対処で忙殺《ぼうさつ》されていた。坂巻自身も体調を崩していた。

要するに、おとなしい結花は、あと回しにされたのだ。

その後も、彼女の番が回ってくることはなかった。坂巻は、結花のことを気にしながらも、深く関わって自分の負担が増えることを恐れ、結局は、なにも気づかないふりをした。結花の母親が学校に来て、結花を進学させると言ったときも、変だとは思った。進路のアンケートをとったとき、結花の提出した用紙は、白紙だったからだ。

それでも坂巻は知らぬふりをした。

卒業後、夜間にコンビニエンスストアの前で、所在なさげに座っている結花の姿を見かけたこともある。その姿は、自発的に夜遊びをする子供の姿とは異なり、行く場所のない者のやるせなさを感じさせた。

そのときも、坂巻は見ぬふりをした。もう卒業した生徒だったから。

「つまり、先生は徹頭徹尾《てっとうてつび》、無視をし続けたということですね」

アリスの出した結論に、坂巻は顔をゆがめた。

「しかたなかったんです。教師の数は少ないし、やらなければいけない仕事は多すぎて」

でも、と坂巻は微笑む。

「笛木《ふえき》さんが元気で、本当によかった」

だが、もしも――。結花が不幸に見舞われ、その延長線上にある理由からアリスが訪ねてきたのなら、はたして坂巻は事実を語っただろうか？　ただ悲しそうな顔をして、終始、口をつぐみ続けたのではないか？

もっと意地の悪い受け取り方をするならば、坂巻は結花を心配していたのではなく、

『本当は彼女の状況に気づいていた』自分の教師としての能力を、だれかに語りたかっただけではないか？

アリスは、坂巻をののしりたい気持ちになった。

しかし、そうした気持ちは抑えこむ。すべての事態と当時の坂巻の行動は、坂巻一人の責任というわけではなかった。


坂巻と別れたアリスは、もう一度、美奈子に会いたいと思った。

美奈子は、コンビニエンスストアの前に座っていたという結花と出会い、彼女が京都の伯母に引き取られるまで、ともに時間を過ごした。美奈子は、彼女しか知らない結花の情報を持っているはずだった。

けれども、もう美奈子には会えないだろう、とも思う。彼女は夜の仕事に行ったかもしれず、家にいてもアリスとの会話は拒むような気がした。

――バンビのことを知っているはずなのに…。

アリスは、目の前に、つかむことができない細い糸が下がっているような心地で、新幹線に乗り、暖房の熱に体をほぐされながら、一路、京都へと向かった。

新幹線に乗り込んだときは、もう日が暮れていた。日本が世界に誇る高速の鉄道は、独特の音を響かせて宵闇《よいやみ》の中を疾走する。

京都に到着したのは、午後八時四十分だった。

アリスは、コンコースにあるうどん屋で、わかめうどんを掻《か》きこんだ。

普段は飲まない汁を全部飲み、水を片手に考える。

――これから、どうしよう?

時間を考えれば、帰宅するのが妥当な行動だ。

だが、胸の中には、居ても立ってもいられない気持ちがあった。結花のこと、美奈子のこと、そして、天川理市のことが気にかかった。

――あやしすぎて、逆に無関係かも、とは思えるけど…。

アリスは水の入ったコップを置き、伝票をつかんで立ち上がった。

とりあえず、理市の店を訪ねてみようと決める。

彼はまだ東京にいて、不在かもしれない。それならば、それでいいと思えた。

地下鉄に乗り、最寄り駅で降りたアリスは、理市の店に向かって歩いた。場所は、タブレットで調べた。

オレンジ色の街灯がともる大通りは、人影もまばらで閑散としている。通り沿いの店は、すべて閉まっていた。道路を走る車の数は多かったが、それがまたよけいに歩道の寂しさを際立たせていた。

時計を見れば、時刻は九時五十五分。親しくもない相手を訪ねるには非常識な時間だった。

――うどんを食べたから…。

アリスは息をつき、自宅に戻ることにした。

明日、出勤してから、片平に事情を話し、あらためて理市を訪ねればいい。そう考えて歩きだしたが、ほどなく前方から歩いてくる理市の姿に気がついた。

理市は、東京で会ったときと同じ、襟元にボアのついた茶色い革ジャンを着ていた。両手をポケットに突っ込み、地面をにらむような姿勢で、ゆっくりと足を運んでいる。

まだアリスの存在には気づいていない様子だ。

アリスは、とっさに近くの路地に身を隠した。

――ちがう、ちがう。なにしてるのよ。

自分を叱咤《しった》して、ふたたび大通りの歩道に戻ると、理市は数人の男に囲まれていた。

とつぜんの状況の変化に、アリスは目を疑い、何度も瞬《また》きをする。

男の一人が、だみ声で尋ねた。

「天川理市だな?」

理市は答えなかった。面倒くさそうなまなざしで、男を一瞥《いちべつ》する。

その態度に、別の男がいきり立った。

「おい、おまえ、舐《な》めてんのか⁉」

怒声を上げた男が、理市につかみかかる。

だが、その指先は、理市に届かない。予備動作もないままに、ひょいと片足を上げた理市が、横ざまに男の腹を蹴り飛ばしたのだ。

男は吹っ飛んで、歩道と車道を分ける、白い鉄製の柵にぶつかった。

柵の横棒が、わずかに曲がり、男は潰された蛙のような声をもらした。

ざわめきが男たちのあいだに広がった。

アリスは頭を抱えた。

こんな修羅場《しゅらば》に行き合うなんて、最悪だ。

とはいえ、暴力沙汰を見すごすわけにはいかない。

あらためて数えてみると、男は九人いる。一人は、もう完全に失神しているようだから、実質は八人だが、それだけの人数に取り囲まれては、さすがに強気の理市も危険だと思われた。

けれども。

アリスの内側――本能に根ざすあたりには、歴《れっき》として別の感覚があった。男たちこそが、生命の危険にさらされている、という確信だ。

――ばかなことを…。

アリスは、自分の感覚を嗤《わら》った。否《いな》、嗤おうとしたが、うまくいかなかった。自分の感覚は正しいと思えてしかたなかった。

だから――男たちを助けるために、理市たちの前に走り出て、大声で叫んだ。

「やめなさい!! 警察です！」

理市が、ぱっとアリスに顔を向け、落胆を示す変顔を作った。

男たちは、まじまじとアリスを眺め、嘲《あざけ》りの表情を浮かべた。

「ケーサツだってよ」

「いやん、逮捕されちゃう」

軽口を叩いたのとは別の男が、あごでアリスを示して、理市に問いかけた。

「こいつは、おまえの知り合いか？」

「だったら、なんだよ？」

面倒くさそうに理市が答える。

直後、二人の男がアリスの背後に回り込み、それぞれが左右の腕を捕らえた。

「こいつを――」

男の一人が言いかけた、その言葉をさえぎって、理市は腹を抱え、げらげらと笑いだした。

「そっくりだな、おい!!」

「何に？」

「あれだよ、あれ。ＣＩＡに捕まった宇宙人に」

失礼な、とアリスは怒りを感じた。だが、すぐに、理市に問いかけた声のトーンが、理市を囲む男たちとは異なっていることに気がついた。

男たちも、第三者の存在に気づいたらしい。いっせいに声の聞こえた方向に目を向けた。

アリスは、振り返れなかった。

代わりに、自分の両腕をつかむ、男たちの手を切った。

柔道で袖《そで》をつかまれたとき、相手の手を払うやり方だ。

男たちの手は、簡単に離れた。

アリスは飛ぶように移動して、男たちとの間に距離を設けた。

「おい……！」

手を振り払われた男の一人が、怒りに顔を染めて、アリスにつかみかかってきた。アリスは、自分へと伸ばされた男の手を避けて懐に飛び込み、逆に襟首をつかむ反撃方法を頭に描いた。

しかし、そのシミュレーションが、実行に移されることはなかった。

男は、アリスの攻撃範囲に入る寸前に、硬直したように動きを止めた。

――……え……？

見れば、男の襟首を、後ろから背の高い男がつかんでいる。

真南子《まなこ》と一緒に、ひったくり犯を捕まえてくれた——螢《けい》と呼ばれた男だ。

——どこから…、
湧いたのか、と失礼な単語が頭をかすめた。

直後、螢は、アリスを襲おうとした男の体を投げ飛ばした。

それは、驚くべき光景だった。螢は、片手で襟首をつかんだだけで、丸めた紙クズを投げ捨てるかのように男を投げたのだ。

その動きは、どこまでも無造作で、まったく力みがなかった。

投げられた男は、シャッターを下ろした店舗の横にある自動販売機に激突し、激しい音をたて、歩道にくずおれた。自動販売機が、ビーッと悲鳴のような音を鳴らし、倒れている男の体の上に、数本の商品を吐きだした。

「静かに殺せよ、螢」

理市が、笑いを含んだ声で言った。螢は、涼やかな顔で無表情に反論した。

「殺してはいない」

「ふーん。殺してもいいんじゃない？　こんなやつらは、さ」

「だめです！」

アリスは叫んだ。自分が置かれた状況と、目にした現実に、頭がいっぱいになって思考が巡らない。それどころか、ともすれば簡単に破裂してしまいそうだった。

理市を囲んだ男たちも、アリスと似たような状態に陥っていたようだ。

どうすればいいのか、ひどく迷った様子で、きょろきょろとあたりを見回している。

そんな中、リーダー格と思しき男が怒鳴った。

「やっちまえ！」

わっ、と声を上げて、男たちが動き出した。

三人は理市に、三人はアリスに向かってくる。

卑怯《ひきょう》なことに、リーダー格の男は動かなかった。

そして、蛍に向かっていく者はいなかった。

男たちの動きからは、さしたる殺気は感じられなかった。もう気を削がれているのだ。

彼らを動かしているのは、リーダー格の男への恐怖かもしれなかった。

――プロじゃない…。

アリスは、ぼんやりと頭の隅で考えながら、最初につかみかかってきた男の腕を捕らえ、強く引き寄せて足払いをかけた。

引っ張られることを予測していなかったのだろう。

男の体は軽やかに半転し、地面に転がった。

アリスは、男が頭を打たないように、地面に叩きつける直前に、頭部だけを浮かせる体勢をとった。

それで終わりだった。

アリスが次の攻撃に対して身構える前に、残る二人は地面に倒れ込んでいた。

平然と立つ理市の足許にも、三人が倒れている。

リーダー格の男は、かなり離れた場所に、一人で倒れていた。

彼のそばには、コンクリートの台座を備えた看板が、添い寝のような形で転がっていた。

——まさか…、あれを投げたの…？

アリスが視線を向けると、理市は首を横に振った。

「勝手にぶつかりやがったんだよ」

「…本当に？」

その問いには、もう理市は答えなかった。

くるり、とアリスに背を向けて歩きだす。

「ちょ、ちょっと待って!!」

アリスは、理市の腕をつかもうとした。

けれども、途中で手が止まった。

理市の体に触れることができなかった。

体の芯が凍るような恐怖を覚えて。

ふいに、理市が足を止め、振り返った。

その顔に、いつもの小馬鹿にしたような、にやにや笑いは浮かんでいなかった。

「あんた、もうおれに関わるな」

「そ、それを決めるのは、あなたじゃないわ‼」

アリスは懸命《けんめい》に反論した。声を出していると、かろうじて恐怖を抑えこむことができる。

だから、言葉がとぎれないように、必死で自分を奮《ふる》い立たせた。

「いまから、警察を呼ぶから」

「呼べよ」

「ち、ちょっと待ってってば」

「なんだよ？」

「あなたも関係者だから、ここにいてくれないと」

「おれは、ただの被害者だ」

「そうだとしても…」

「傷害は、親告罪じゃないだろ」

アリスは言葉に詰まった。

理市は、今度こそ立ち去った。視線を巡らせば、螢もいない。

いるのは、理市を襲った男たちだけだ。

しかも、全員が失神している。

アリスは、泣きたい気持ちで電話をかけた。

電話の向こうから、どうしました、と問いかける、穏やかなオペレータの声が聞こえたときには、本当にすこし涙ぐんでいた。


恥を知れ——。

所轄署《しょかつ》の会議室で、パイプ椅子《いす》に座ったアリスの頭を、そんな言葉がかすめた。かつて通っていた小学校の校庭に置かれた石碑《せきひ》に刻まれていた言葉だ。

どんな意図で、そんな言葉が刻まれたのかは謎だし、本来は『恥を知る』という言葉だから、命令形で使われると、異様にきつい印象を与える。とはいえ、とにかくいま自分が置かれている状況は、その言葉に合致しているように思われた。

理市たちが立ち去ったあと、アリスは警察に緊急通報をし、次いで、救急車を呼んだ。理市は否定したが、コンクリートの台座のついた看板をぶつけられたらしきリーダー格の男は、どこか骨が折れたのか、妙に顔色が悪かったのだ。

救急車は、パトカーよりも先に到着した。救急隊員が、アリスの説明を受けながら、収容すべき相手を判別しているときに、パトカーがやってきた。

アリスは、穴があったら入りたい気持ちで、警察バッジを提示した。

理市を襲った男たちは、アリスが倒した男を除き、全員が病院に搬送された。残された男は、リーダー格の男の指示で理市を襲っただけだと話し、その理由については、なにも知らされていなかった。

アリスは、その男とともに、所轄署に連れていかれた。

会議室に通されたアリスは、紙コップに入った温かい緑茶をふるまわれ、感謝のうちに、すべての事情を語った。聞き取りを終えた警察官は、すこしお待ちください、と言い置いて、会議室を出ていった。

一人になったアリスは、しみじみと恥ずかしさを噛《か》みしめた。

片平に足を運ばせることになったら、どんなふうに詫《わ》びればいいのだろうか、と考えていると、事務官の制服にカーディガンを羽織《はお》った、品のいい中年女性が入ってきた。

女性は、耳当たりのいい声で言った。

「もうお帰りいただいて、いいそうです。宇佐木《うさき》警部補がお話しになった天川理市さんという方に連絡が取れ、大まかな内容にまちがいないということで、確認が取れましたので」

「…天川さんは、なんと言ったんですか？」

アリスが顔をしかめて尋ねると、女性はやわらかな微笑を浮かべた。

「自分が、なにか逆恨みを受けたらしく、チンピラに絡まれているところに、顔見知りの宇佐木警部補と螢さんという飲み友達が通りかかり、乱闘を止めようとしてくれた、と。

…天川さんは、明日、あらためて署に来て、調書の作成に協力してくださるそうです」

そして、嘘八百を並べ立てるのか――。

アリスは、内心で深い息をついたが、嘘とは限らないかもしれない、と思い直した。アリスを助けてくれた蛍が、理市の飲み友達だという言い分は、あまりにも都合のいい偶然のように思えたが――。

「タクシーをお呼びしますか?」

女性に問われ、アリスはうなずいた。

「お願いします」

「では、もう少々お待ちください」


翌朝、出勤したアリスは、部屋に入って早々、まっすぐに片平のところへ行き、深々と頭を下げた。

「昨夜はすみませんでした」

すると、片平はいたわりに満ちたまなざしでアリスを見つめた。

「話は聞いています。乱闘に巻き込まれたそうですね。けがはありませんでしたか?」

「はい。あの、…すみませんでした」

うなだれるアリスに、片平が何度もうなずく。

「捜査をしていれば、予期しない状況に巻きこまれることもあります。…たとえば、今回の事件のように」

片平は、わずかに背をそらし、気の毒そうに続けた。

「今回の事件は、別の担当者に引き継がれます。宇佐木さんは、報告書をまとめたあと、三日間、自宅で謹慎です」

あまりにも思いがけない言葉だった。アリスはとっさに声を上げた。

「そんな…！」

「私も、謹慎です」

片平が、諦めたような笑いをこぼした。その笑顔を目にしたとたん、アリスの内にマグマのように湧きだしていた怒りが消え失せた。

「どうして、片平さんまで…？」

「…上は、宇佐木さんを危険な目に遭わせたくないんですよ。宇佐木さんのことだから、とっくに気づいていると思いますが、死亡者の出た事件には関わらせないようにしています」

「はい…。それは、…気づいていました」

「しかし、宇佐木さんは危険に吸い寄せられてしまう」

片平の笑みに、同情の色が混じった。

「そういう人は、たまにいます。とても勘《かん》の鋭い人がね。そういう人は、刑事としては有能で、たくさん事件を解決できます。…でも、殉職《じゅんしょく》してしまう危険も大きいんですよ」

「わたしは…」

「長く現場にとどまる人ではない」

「…そうです」

「そうだとしても、いまいるのは現場です。あと何カ月で内勤に移るから、と言ったところで、現場はそれを考慮してはくれません。…私は、研修中のキャリアを殉職させるわけにはいかないという、上層部の焦りもわかります」

アリスは、くちびるを噛んだ。顔をゆがめ、床に視線を落とす。

もう反論ができなかった。予期しない場所で、ふいに命を落としてしまう事態は、片平にも、もちろんアリス自身にも、起こり得るとわかっていた。

うなだれたアリスに、片平は努めて明るい口調で告げる。

「まあ、長めの有給休暇をもらったと思って、英気を養っておきましょう」

「…はい」

アリスも、笑ってうなずいた——つもりだった。

けれども、顔がひきつった。

片平は気づかないふりをしてくれた。

一礼して、自分のデスクに戻ったアリスは、昼過ぎまでかけて事件の報告書をまとめ、いつものように片平のチェックを受けたあと、それを課長に提出して帰路についた。

アリスは、帰路にはついたが、帰宅はしなかった。

自宅近くのカフェに立ち寄り、キャラメルラテを飲んでいるうちに、なんだか納得できない気持ちになってきたのだ。新しい担当者が、はたしてアリスと片平が集めた情報と導き出した洞察を、どれほど捜査に生かしてくれるのかも疑問だった。

アリスは立ち上がり、店を出て、昨夜、世話になった所轄署へ向かった。

連続放火事件の担当からは外されたが、そういうことがいちいち所轄署に通達されることはないだろう、と予想する。

案の定、受付で来訪の理由を告げると、昨夜と同じ会議室に通された。

まもなく、昨夜と同じ事務官姿の女性が、紙コップに入った緑茶を持ってやってきた。

女性は、理市を襲った男たちが、同じ店に集う飲み仲間で、日頃から素行のよくない人々であったこと。リーダー格の男が、裏の仕事を主に扱う『なんでも屋』で、インターネット経由の依頼を受けて、理市を襲ったと話したことを教えてくれた。

「依頼者は特定できたんですか？」

アリスの問いに、女性は首を横に振った。

「依頼者の名前は、彼らも知らないようなんです。ハンドルネームを使っていて、支払いも口座に振り込みで」

「それじゃあ、襲撃の理由はあいまいなままなんですか?」

「おそらく、理由は直接、天川さんのほうに行ったんだと思いますよ。天川さんご自身も、調書を取らせていただいたとき、脅迫めいた電話やメールは、よく来るとおっしゃっていましたから」

「……よく?」

「ええ。DVを受けている方をシェルターに連れていったり、ストーカー被害に遭っている方の護衛をしたりで、矛先を向けられることは、よくある、と」

「……逆恨みですね」

「天川さんの話が事実なら、ですけどね」

女性は最後に、あっさりと言い放った。被害者である理市を尊重する言動をとっているが、彼のことを頭から信じているわけでもない、ということだ。

昨夜の襲撃は、所轄署にとって、些細《ささい》な事件だったのだ。あるいは、そういうふうに扱おう、と確固たる意図のもとに定められているかのようだ。

アリスは、理不尽だ、と感じる一方で、しかたないとも思った。

昨夜の男たちは、だれも凶器を持っていなかった。男たちが加害者であることは明白で、理市は自分の身を守るために反撃しただけだ。その反撃の内容は過激で、過剰防衛とも目《もく》されるものだったが、相手が圧倒的に多数だったことを考慮すれば、それもやむなし、とされたのだろう。

女性に礼を言い、所轄署を出たアリスは、今度こそ家に帰った。釈然《しゃくぜん》としない気持ちは、依然として胸にあったが、もうあきらめるべきだろう。

だから、ふて寝をしよう、と思いついた。

公務員でありながら、夕刻よりもすこし早い時間にふて寝する。

なんという贅沢《ぜいたく》か。税金の無駄使いか。

それならば、さらに悪徳を極めようと、昼風呂にも入ることにした。

しかし、ゆずの香りのする湯に体を沈めていると、またも腹が立ってきた。

それに、鏑木の家でバンビの人形を見たときの結花の様子が頭に張りついていた。

アリスは勢いよく立ち上がり、体を拭いて服を着た。

身につけたのは、いつも出勤時に着用するパンツとジャケットだ。バッグも、いつもと同じ、大きめの物を用意した。その中には、これまたいつも愛用しているタブレットを入れた。

――免職ものだわ…。

おとなしくしておけ、と理性は言った。

片平の迷惑になるかもしれない、と分別がささやいた。

でも——と、アリス自身が反駁《はんばく》する。

「行かなくちゃ」

勢い込んで家を出たものの、暮色《ぼしょく》の混じりはじめた晩秋の寒気の中、人々が行き交う街中を歩いていると、とてつもなくばかげた真似をしているような気がしてきた。アリスは、迷いを胸に理市の店へと向かう。

留守であってほしい、と勝手な望みも抱いたが、古い商店を思わせる外観の店には灯《あかり》がついていた。

アリスは、店の数メートル手前で息をつき、バッグの中のタブレットのインターネット通話機能をオンにした。通信先は、自宅のパソコンだ。

路地に面したガラス戸に貼られた紙の隙間《すきま》から中を覗くと、土間に置かれた大きな木製の事務机の脇に、理市が座っていた。

彼は、片方の足に、もう片方の足を乗せ、体を斜めにして、机にもたれかかっていた。

アリスは一度、大きく深呼吸してから、拳の先で小さくガラス戸を叩いた。

理市が顔を向け、ひらひらと手を振って、入るように指図した。

アリスは、存外に滑りのいいガラス戸を開け、店の中に入る。土間の空気は、ひんやりとしていて、外よりも寒いくらいだった。

「…こんばんは」

アリスが挨拶《あいさつ》すると、理市は開口一番に尋ねた。

「なんの用だよ？」

「話を聞きに来たのよ」

「昨日のことか…」

理市が仕方なさそうに息をつき、奥に向かってあごをしゃくった。

「中で話そうぜ」

アリスは、拍子抜けした。

しかし、椅子から立ち上がった理市が、ガラス戸にねじ込み式の鍵《かぎ》をかけ、カーテンを引くのを見たときは、予測よりも悪い状況になったのかもしれない、と警戒を強めた。

戸締まりを終えた理市は、奥に進むようにアリスに指図して、店の灯を落とした。

幅が狭くて薄暗い廊下を抜け、和室に通されたアリスは、理市が足で蹴《け》ってよこした座布団に、ちょこりと座った。理市は、王さまのように尊大な態度で、紫色のベルベットを張ったソファにふんぞり返る。

「で？　なにを聞きに来たって？」

アリスは唾を飲んで喉《のど》を湿《しめ》し、自分でも驚くほど低い声で答えた。

「昨日のことを」

「襲ってきた連中のことか？　それとも、東京で会ったことか？」

「…どちらも」

理市は、ふん、と鼻を鳴らした。

「東京に行ったのは、須賀美奈子という女に会うためだ。あの女は、おれに依頼した仕事の代金を払わなかった」

「…わざわざ、東京まで取り立てに？」

「そうだよ。大きな仕事だからな」

「いくら？」

「百万円」

アリスは絶句した。

理市は、なにか考えているような様子を示したあと、自分の両膝にひじをついて身を乗り出した。

「なあ、あんた。鏑木がらみの放火。あれな、真犯人は須賀美奈子だから」

「…えぇ？」

アリスは耳を疑った。

美奈子に対しては、なんらかの事情を知っている可能性がある、と考えていたが、放火の真犯人とまで言われると、まさかという気持ちが湧いてきた。

「どういうこと？　なぜ、美奈子さんが犯人だと知っているの？」

「それは、美奈子が、おれに仕事を依頼したからだ。…半月くらい前に、ふらっと店にやってきて、『高橋結花』という女を痛めつけてほしい、と頼まれた。でも、まあ、直接的なのは無理だと言ったんだ。いかにも犯罪なことをすると、おれの手が後ろにまわっちゃうだろ。だから、方法は自分で考えろと言った。そうしたら、婚約者の男を危険な目に遭わせてくれ、って言うから、男の職場と自宅に火をつけたんだよ」

「…でも、あなた、大学の防犯カメラに映ってなかったわ」

「窓から入ったんだよ。んで、窓から出た」

「…窓の鍵は、どうやって開けたの？」

「火をつける前に、依頼された荷物を取りに行ったんだ。顔見知りの学生に、パンダの着ぐるみを運べと言われたから、そのときに鍵を外しておいた」

「ドアの鍵は、どうやって…？」

「事前に合鍵を作っておいた。量産型の安いドアだからな。鍵穴の型をとるだけでよかった」

「…鏑木さんの自宅に放火したのも、あなた？」

「ああ」

「なぜ、火災報知機と窓ガラスのセキュリティアラームに誤差が生じたか、知っている？」

「窓ガラスをあとから割ったからだ。おれは、トイレの窓から中に入ったんだよ」

「…うそよ」

「んじゃ、ま、そういうことにしとけば？　ちょっとしたコツがあるんだ」

アリスは頭がくらくらした。

口をつぐんだアリスに、なあ、と理市が問いかける。

「高橋結花は、控室に貼った写真や食器棚の中に置いたバンビを見たかな？」

「…バンビだけ」

つい答えてしまい、なぜ答えなければいけないのか、とアリスは腹立たしくなった。

理市は、自分の胸に手を当てて微笑んだ。

「よかった。標的が『高橋結花』だとわかるように、現場に残すサインを用意しろと、美奈子にアドバイスしたんだ。けど、放火の現場ってのは特殊だろ。本当に『高橋結花』の目に触れるかどうかは心配だったんだ」

「心配って…、そんなこと…」

「いや、もちろん死人が出ないように気を遣《つか》ったぜ？　火が燃え広がらないように配慮もした。あんまり大事になると、警察も本気になるからな。適度なところでフェードアウトできるようにしたんだ」

「フェードアウトなんか、するわけないでしょ!!　あなたは、放火の実行犯だと自白したのよ！」

アリスは怒りをはらんだ声音で断じた。対する理市は、余裕の表情で、ふわりと笑う。

「証拠がないだろ。あんたに周りをちょろちょろされるのは目障りだから教えてやったけど、自白をしたわけじゃない。もし、警察にひっぱられたら、否認する。てか、逮捕できないだろ？」

「それは…」

「まあ、でも、犯人は須賀美奈子だ。だから、あんたは、美奈子を調べろよ」

「…調べてもいいの？　美奈子さんが、あなたに依頼した、と証言するかもしれないわよ？」

「依頼されたけど断った、と反論するね」

理市の言うとおり、証拠がなければそこまでだ。疑いだけが残り、理市は無罪放免だ。

「…どうして、依頼人である美奈子さんを裏切るの？」

アリスが絞り出した問いに、理市が両の眼を大きく見開いた。

「依頼人？　それは、きちんと代金を支払った相手だけだ。あの女は依頼人じゃない。ただの犯罪者だ。ったく、無駄働きをさせやがって」

理市が吐き捨て、おもむろに立ち上がった。彼は、アリスに歩み寄り、腕をつかんで引き立たせようとする。

「さあ、これでいいだろ。帰れよ」

「ええ、帰るわ」

アリスは、自ら立ち上がろうとした。

しかし、理市が態度を一変させた。アリスの腕をつかんで、その場に押しとどめようとする。

「…待てよ」

アリスは、その命令を無視して立ち上がった。

腕にかかる理市の手に力が入る。

それは驚くほどに強い力だった。けれども、痕《あと》が残るほどの力ではなかった。絶妙に制御されていて、一カ所だけに強い痛みを感じることはない。

傷害に問われないように、理市が力を加減しているのだ、とアリスは思った。意図的に、そうするのはむずかしい、ということもわかっていた。

——やっぱり、この人、変だわ…。

アリスの背中を強い恐怖が駆け抜ける。

それでも、アリスは平静を装った。

「帰れと言ったじゃない。放してよ」

「録音をしているだろう。それを消せ」

理市が硬い声音で命じた。

「録音なんかしてないわ」

「なにか音がする。…ちくしょう、なんで気がつかなかったんだ」

理市が忌々《いまいま》しそうに吐き捨て、アリスの腕をつかむ手に入れた力を、わずかに増した。

「…痛いわ」

アリスは笑った。恐怖のあまり――。

肉食の猛獣と至近距離で対峙しているような感覚があった。

ともすれば失禁しそうだった。

だが、なぜ、こんなにも怖いのか――？

おかしいだろう、と自分に問いかけることで、アリスは心の均衡を保とうとした。

「録音なんかしてないわ。疑うんなら、自分で確かめればいいじゃない」

この挑発に、理市は即座に反応した。アリスの肩からバッグを奪い取り、タブレットを引っぱりだしたのだ。

「強盗よ。指紋が残るわ」

追いつめられた感覚の中で、アリスは勝ち誇った声を出した。理市は、アリスを無視して、ひとしきりタブレットを調べた。そして、忌々しそうに舌打ちをした。

「ちっ、やっぱりだ。別の場所に録音しているんだな」

「…そうよ。あなたの告白が、ばっちりね」

理市は、息をついて頭を掻き、タブレットをアリスのバッグの中に押し込んだ。

「言っておくが、非合法な方法で録音された自白は、証拠に採用できないぞ」

「ご親切にどうも。でも、知っているわ」

「ま、そうだろうな」

理市がアリスから手を放し、お手上げといった様子で両手を上げた。

「しかたない。帰れよ」

「…言われなくても帰るわよ」

勝った、と思った。

もっとも、心の中にあるのは、勝利の喜びではなく、この息詰まる恐怖から解放されるという喜びだった。

アリスは、理市に背を向けた。


あとから考えれば。

うかつという他はない。

それでも、この瞬間のアリスは、全身が溶けるような喜びを味わったのだ。

店の出口に向けて、歩きだしたアリスのあごと肩を、後ろから伸びてきた冷たい手が捕らえた。

なんだろう、と思う間もなかった。

首筋に冷気が噴きかかり、脳天を強打されたような衝撃が生じた。

全身の力が萎《な》えた。

アリスは、その場にくずおれた。

落ちた瞼《まぶた》を持ち上げることも、指先で床を掻くこともできない。

完全に、全身のコントロールが失われていた。

まるで麻酔を打たれたようだった。

しかし。

意識ははっきりしている。

感触もある。

頬に当たる古びた絨毯《じゅうたん》のざらつきは、どうしようもなく不快だった。

――なによ、これ…⁉

アリスは、恐怖と焦りの中で、恐慌をきたしかけていた。

そのくせ、発汗や呼吸の乱れといった身体的な反応は抑えられている。目も開かない。

ただ、なにか、大きな生き物が、至近距離から自分を見下ろしている気配を感じた。

アリスは、絶望に呑《の》みこまれそうになった。

そのとき、ふいに鋭い女の声が響いた。

「なにしてるのよ⁉」

聞き覚えのある声だ、とアリスが感じた瞬間、理市が声の主の名前を呼んだ。

「真南子」

いままで、アリスを見下ろしていた気配が、わずかに遠ざかる。

どうやら、『古布里《こふり》』の主人、紡《つむ》木真南子は理市にとっても予期せぬ来訪者のようだった。

とはいえ、アリスにとっても同様だ。

――どうして、ここに真南子さんが来るの…？

アリスは、ますます混乱し、それゆえに恐怖を強める。

理市が苛立った声で言った。

「おまえ、不法侵入だぞ」

「うるさいわね。私の質問に答えなさい」

真南子が、理市の指摘を一蹴《いっしゅう》した。

理市は真南子に聞かれたくないのか、ごく小さく舌打ちした。もっとも、抵抗はそれだけだった。理市は、アリスが驚くほどに、素直にすばやく口を割った。

「この女が、放火事件のことを聞きに来た。だから、真相を教えてやった。犯人逮捕に協力したんだ。それなのに、この女は、恩知らずにも録音をしていやがった」

「…消せばいいじゃない」

真南子が、どこかいたわりのこもった声音で言った。そのいたわりは、理市ではなく、アリスに向けられているように感じられた。

これに対して、理市の声音は、苛立ちを増していく。

「ネット通話を使っていやがったんだ。録音先は、別の場所なんだよ」

「それなら――」

「ああ。この女に消去させる」

――どういうこと…？

アリスは首をかしげた。気持ちの上で。いまだ体はぴくりとも動かない。この状態では、もちろん家に帰ることも、パソコンに触れることも不可能だった。

ふ、と香《こう》のかおりが鼻腔《びこう》をくすぐった。

どうやら、真南子がアリスの顔を覗きこんだようだ。

直後に、アリスの頭の上から、第三の声が降ってきた。

「暗示をかけるつもりなら、やめておけ。失敗するぞ」

「ああ？　おまえは黙ってろよ、螢」

「ちゃんと聞きなさいよ」

真南子がたしなめた。

「あんたが妙な失敗をしたら、螢たちにも迷惑がかかるんだから」

「知ったことかよ‼　おれは、おまえらのコミュニティの住人じゃない」

「そうだとしても、よ。…わかるでしょ？」

真南子の声が、優しく諭した。理市は、くそっ、と短く吠えた。

「言ってみろよ、螢。なんで失敗するんだ？」

「彼女には、おそらく暗示が効かない」

「あん？」

「いまも、意識はあるかもしれない」

すっ、と四本の槍《やり》を、体に差し込まれたような痛みが生じた。

理市と真南子が、アリスに視線を向けたのだ。そのまなざしは、ほとんど物理的な圧力をもって、アリスの体を貫いた。

どっ、とアリスの全身から汗が噴き出した。

心臓が早鐘のように鳴りはじめる。

速くなった血流に反応し、耳の奥が熱くなった。

「ほら。俺たちの話が聞こえている」

やわらかくも冷静な口調で螢が断じた。

ちっ、とまた理市が舌を鳴らした。

「厄介な女だぜ。…こいつは、最初から変だった。こいつが近くにいると、いろんなものの気配がぼやける。だから追い払いたかったのに、…焦りすぎたな」

真南子が、アリスのそばに体をかがめたまま、心配そうに尋ねた。

「どうするの、理市？」

「さあ、…どうするかな。暗示が効かないとなると、とれる方法は限られてくる」

「まさか、この子を殺したりはしないわよね？」

「…いや、それもありだな」

つぶやいた理市の声からは、もう怒りは感じられなかった。

「だめよ、殺しては」

真南子の声が、対照的に熱を帯びる。

理市は、もう応えなかった。

それが、かえって怖かった。

まさか、と思う。真南子の言葉のように。

だが、必要とあれば、理市は一瞬で他人を殺せる男のように思えた。
視線が、アリスの上を行き来する。
レーザーで体を焼かれているようだ。
いつ、理市が決断するのかと、生きた心地がしなかった。
いっそ、いますぐ、と願う。
最悪の望みを抱くほど、アリスの抱える恐怖は、極限まで膨らんでいた。
そして――。
冷たい指が、ふたたび首筋に触れたとき。
アリスは気を失った。

8

目を開くと、ぼんやりと明るい光が視界を満たしていた。

アリスは目を瞬《またた》き、見覚えのない天井を見つめた。それから、横たわったままで、糊のきいたカバーのかかった掛け布団、無垢《むく》の木の柱、きらきら光る小さな粒を練り込んだ、薄緑色の塗りの壁へと視線を巡らせた。

警戒しつつ、ゆっくりと身を起こす。すると、壁際に配された背の低い和簞笥《わだんす》の上に、丸みをおびた形の水色の目覚まし時計が置いてあるのが見えた。

時計の針は、六時四十分を指している。壁の色よりすこし濃い、薄緑色のカーテンの隙《すき》間《ま》から差し込む光は、どうやら朝日のようだった。

アリスは、そろりと布団から出て、使いこまれた古い畳の上に立った。

衣服は、昨夕——本当に昨夕かどうかはわからないが、とにかく自宅を出たときと同じものを身につけていた。

ただし、コートは着ていない。当然ながら、靴も履いていない。布団の枕元にはアリスの鞄《かばん》が置いてあった。アリスは、なにひとつなくなった物がないことを確認した。

ただし、通話機能はオフになっていた。

——天川《てんかわ》さんが切ったのかしら？　指紋…はついてないわよね。

アリスは息をつき、また視線を巡らせた。

ここは、どこだろう？

昨夕は、体が完全にマヒした状態で、殺されるのではないかという恐怖にさらされていたが、明るい朝の光に包まれていると、なぜ、あんなにも怯えていたのか、と怪訝《けげん》な気持ちが湧いてくる。

アリスは、もう一度、息をつき、ゆっくりと立ち上がると、出入口と思《おぼ》しき襖《ふすま》のほうに歩いていった。飛翔する鶴の模様をあしらった金具の取っ手に手をかける。

襖の向こうは、一メートルくらいしか長さのない廊下で、その先は階段になっていた。よく磨きこまれた飴色《あめいろ》の階段は、足を置く幅がひどく狭い。

アリスは、体を斜めにし、これまたつるつるに磨き上げられた手すりにつかまりながら、ゆっくりと階段を降りていった。

階段下の正面は壁だった。右手に廊下が伸びている。こちらの廊下は長かった。すこし進むと、左手の壁が切れ、大判の窓ガラスの向こうに、よく手入れされた庭が見えた。

アリスは、その庭に見覚えがあった。

——ここ…、『古布里《こふり》』じゃないかしら…？

アリスは迷いつつ、ガラス窓とは反対側の襖を開けた。襖の向こうは、四畳半ほどの和室で、開かれた奥の襖の向こうは板の間だった。板の間には、小ぶりなちゃぶ台が置かれ、その上には、白飯を山盛りにした茶碗《ちゃわん》と、おひたしの入った小鉢《こばち》、さんまを乗せた細長い角皿などが並んでいる。

板の間の向こうは、一段低くなっており、ガラスをはめ込んだ連子《れんじ》の窓の手前には、古色蒼然《こしょくそうぜん》とした流しが、当たり前のように鎮座《ちんざ》していた。

「あの…」

アリスが呼びかけると、板の間と台所を仕切る板戸の陰《かげ》から、ひょいと真南子《まなこ》が姿を現した。真南子は、暗色の紬《つむぎ》の着物に、白いかっぽう着をつけていた。頭には、白い手ぬぐいを、姉さんかぶりにしている。彼女はアリスの姿を見とめると、にこりと笑った。

「あら、起きたの。ちょうどよかったわ。ご飯の用意ができたとこ」

真南子が、ちゃぶ台を囲むように置かれた座布団の一枚を指した。それから、味噌汁碗《みそしるわん》を二つ載せた丸盆を手に、板の間に上がってきた。

「座って」

「…はい」

キツネにつままれた心地で席に着いたアリスの前に、味噌汁が置かれた。真南子は、自分も料理の前に座り、頭から手ぬぐいを外す。

「どうぞ。アリスちゃん」

アリスは、目の前に並べられた料理を見つめた。朝一番からのさんまは、なかなかインパクトがあるが、ごく一般的な朝食のメニューだ。

しかし、昨日の一件を思い出すと、やはり疑いとためらいが胸に湧く。

「毒は入ってないから」

真南子が、やわらかな口調で言った。

アリスは、顔を赤らめて箸《はし》をとった。


真南子の料理は絶品だった。野菜の茹《ゆ》で具合、サンマの焼き具合が秀逸で、味付けもまろやか、かつ美味だった。そして、すこし歓喜の余韻《よいん》が残る。

「おいしかったです…。…でも、これ、螢《けい》さんの朝ごはんだったんじゃ…？」

「いいえ、あなたのためのご飯よ。螢のことは心配いらないわ」

真南子は微笑《ほほえ》み、空いた皿を集めはじめた。

アリスは唾を呑《の》み、勇気をふりしぼって問いを発した。

「昨日は…、いったいなにがあったんですか？」

アリスの問いに、真南子が手を止め、アリスに視線を向けてきた。そのまなざしが、予想を超えて真剣だったので、アリスは思わず息を呑んだ。

真南子は、しばらくアリスを見つめていた。量るように、図るように、計るように。

アリスは沈黙に圧《お》された。真南子が、深く静かに苦悩している気配が感じられた。

真南子は、かすかに首をかしげ、細いけれども、よく聞こえる声で尋ね返した。

「あなた、…吸血鬼やオオカミ男って、いると思う？」

アリスは答えなかった。代わりに、問いを返した。

「どうして、そんなことを聞くんですか？」

「…知っていたほうが、あなたを助けやすいと思うから…」

「わたしを助ける…？　なにから？　…だれから助けるつもりなんですか？」

「…当面は、理市《りいち》から」

真南子が語尾を細め、すぐに言葉を継いだ。

「あなた、昨日、倒れたあと、意識があったわね？　どこまで聞いた？　…螢は、理市が
『殺す』と言ったところまでだと話していたけれど」

「……そうです。…あのあと、意識がなくなりました」

「残念だわ」

ふいに真南子が笑った。

「あのあと、私、あなたを守るために、理市を殴りとばしたのに」

「…どういうことですか？」

「なにが？　私が、あなたを助けようとしたこと？　それとも、意外に怪力だってこと？」

「…どちらも、です」

うーん、と真南子が、どこか楽しそうに唸《うな》った。

「私が、あなたを助けようとしたのは、あなたが人間だから。…私と同じ、ごくまじめに生きている、普通の人間だからよ」

「普通の…人間…」

「ねえ、アリスちゃん。あなた、覚悟はある？　昨日、理市は迷っていたわ。あなたを殺すべきかどうか。だけど、私が全部を教えたと知れば、本気であなたを殺しに来るかもしれない。それでも、知りたい？」

「…昨日は、真南子さんが、わたしを助けてくれたんですよね？　それは、つまり、知らなくても、わたしは殺されかけた、ということですよね？　知らなくても殺される危険があるのなら、知りたいです」

「強いのね…」

真南子が、ふと人間離れした妖艶《ようえん》な笑みをくちびるに刻んだ。

アリスは一瞬、自分の判断に自信が持てなくなった。

しかし、真南子の言葉を、彼女の喉《のど》の奥に押し込めることは、もうできなかった。真冬の風のように、痛みを伴う冷たさが、アリスの耳へと流れ込んできた。

「理市は、あなたの血を飲んだのよ」

「…は？　血を…飲んだ？　…いつ、そんなことが…？」

「昨日、あなたが倒れる直前に」

アリスは、思わず自分の首筋に手を当てた。

けれども、指先には、わずかな傷も感じ取れず、真南子の言葉も信じられなかった。

じっとアリスの様子を見ていた真南子が、くすくすと声をたてて笑った。

「信じてないわね」

「…うそですよね？」

「いいえ、本当よ」

「でも、…一瞬でした。…後ろから、あごと肩をつかまれて、く、首筋が冷たい…と思った瞬間に、わたしは倒れたんです」

「実際は、五、六秒あったはずよ」

「そんなには、ありませんでした」

「それが、彼らの能力なの」

淡々と、しかたなさそうに真南子が言った。

アリスは、壊れた人形のように何度も首を横に振り続けた。

「一瞬でしたよ。だいたい、…能力って、なんです？　彼らって？」

「血を飲んで生活している人たち。嗜好《しこう》として血を飲んでいるのではなくて、血を飲まなければ生きていけない人たちのこと」

ごうっ、とアリスの耳の奥で轟音《ごうおん》が響いた。意識を遠くに連れさられる感覚が生じた。だが、それも、すぐに治まった。

アリスは、急に視界が開けたような感覚にさらされ、あらためて自分の前にいる真南子と、彼女をとりまく現実を見つめた。

真南子は、かっぽう着を着ていた。彼女の手元には、空の食器が積まれている。細長い角皿にはサンマの骨が入っていた。

流しの上の窓から、斜めの日差しが差し込んで、板の間の端を明るく照らしている。どこかで雀《すずめ》が鳴いていた。道を行くオートバイのエンジン音も聞こえた。

すこし時代がかった感はあるが、のどかな朝の風景が、アリスの前にはあった。

「…吸血鬼、ってことですか？」

「そうね。その言い方、理市は嫌うけど」

アリスは、考え込んだ。

「…本当ですか？」

「なにが？」

「そういう人たちがいるって、本当の話なんですか？」

「…別に信じなくてもいいわ。そのほうが楽だと思う」

真南子は、自説を推《お》さなかった。それが、かえって真実味を感じさせた。

でも、とアリスは、わずかにこわばりを帯びた口で問う。

「真南子さん、さっき…、サンマを食べてましたよね？」

「私は人間だから」

「ど…、どういうことなのか、やっぱり、よくわからないんですけど…」

アリスは白旗《しろはた》を揚げた。そんなアリスを、真南子はいたわりに満ちたまなざしで見つめた。

「人間の中には、…あるいは、人間によく似た生き物の中には、血液を主食とし、生命を維持しているものたちがいる。彼らは、人間をはるかにしのぐ身体能力を備え、力が強く、夜目が効く。直接、人間の血を飲むという行為で、その相手に暗示をかけることもできる」

「…なんのために、暗示を？」

「たぶん『人間』に自分たちのことを知られないようにするためでしょうね」

「…知られても困らないんじゃないんですか？　か、彼らは、人間よりも、ずっと強いんでしょう？」

「ええ。だけど、多勢に無勢という言葉もあるわ。実際に、彼らの総数を知っているわけではないけれど、絶対数が少ないのだと思う。それに、人間は、個としての腕力を、はるかに超える武器を作れる。もし、理市たちのような存在がいることが知られ、駆除しなければならないという話になったら、…かなり追いつめられるでしょうね」

「…そういう武器を作る人は、いまはいないんですか？」

真南子はあっさりと言った。

「いるわよ。理市たちのことを知っていて、捕まえようとしている人たちがね。…さいわい、その人たちは、理市たちのように血を飲む者たちがいることを伏せている。だから、理市たちを追いかける人の数も、規模も小さいの。…といっても、…かなり危険な人たちだけど」

「…危険…って？」

「捕まえた相手を、実験に使ったりするのよ。…だから、理市のような力がない『血を飲む人々』は、懸命《けんめい》に自分の存在を隠しているのよ」

「…天川さんも、隠しているんですよね？」

「そうよ。やはり、正体が知れると面倒だし、…理市の場合は、私たちとつながりを持っているわ。もし理市がしっぽをつかまれたら、たちまち危険な状況を招くことになる。それは、絶対に困るのよ。犠牲《ぎせい》になるのは、たいてい子供なんだから」

「子供…。子供は弱いんですか？」

「ええ」

「大人にも、強い弱いの別がある…?」

「ええ、生き物ですからね。人間にも、動物にも、魚や虫にも、個体差があるでしょう。それと同じよ。『血を飲む人々』にも、弱い個体はいるの」

「…そういう人たちも、人間の血を飲んでいるんですよね？」

「いいえ」

　真南子が、またもあっさり否定した。

「基本的に、彼らは人間の血を避けている。コロニーを作って、極秘のルートで動物の血を手に入れて、それを飲んでいるの。でも、それは、人間の血がまずいからじゃなくて、子供や弱い個体を守るため。いくら暗示の能力を持っていても、…あなたのように、暗示にかからない人間もいるみたいだから」

「だから、…口をつぐませておくために、殺すんですか…?」

「それもね。簡単そうだけど、実は危険らしいわ。だれかが殺されたら、人間は殺した相手を捜《さが》そうとするでしょう？　私は人間だから、当然だと思うけど、彼らからすれば、極力、避けるべき事態なのよ。…実際は、『血を飲む人々』に殺されて、だれにも捜されずに、打ち捨てられている人も、大勢いるみたいだけどね」

「…わたしが殺されたり、行方不明になったりしたら、父が捜すと思います」

「理市に、そう言えばいいわ。『わたしには、強力なネットワークがあります!』って」

真南子が、アリスに笑いかけた。

アリスは、真南子が本当に自分を助けてくれようとしているのだ、と感じた。同時に、コンビニエンスストアの店先に座っている結花《ゆか》の姿が、まるで現実に見てきたもののように、アリスの頭の中に浮かび上がってきた。

あのころの結花には、手を差し伸べてくれる人はいなかったのだ。彼女をよく知るはずの担任も、危うさを感じながら彼女を見ぬふりをした。

——こんなときに、事件のことを考えるなんて…。

そんなに有能でもないくせに、と思うと、おかしくなる。だが、アリスが理市に関わったのは、もともと事件を追っていたからだ。

「…真南子さんは、天川さんとは、どういうご関係なんですか?」

「知り合いよ」

「…犯罪に手を貸すような…知り合いですか?」

「昨日のこと?」

「いいえ。放火のことです」

「ああ、鏑木《かぶらぎ》さん絡みの放火ね。あれは、理市の仕業なのよね? だれから請け負った仕事だとか、詳しいことは知らないけど、今回は私の顧客が迷惑しているわ。昨日は、そのことで理市に文句を言いに行ったのよ。そしたら、あなたが倒れていたものだから、ものすごく驚いて、理市に文句を言うのを忘れちゃったわ」

真南子が肩をすくめた。そのとき、鳥のさえずりに似た呼び鈴が鳴った。

あら、と真南子が、鋭く光る目を和室のほうに向ける。

「理市が来たわ」

「え……」

「ちょうどいいじゃない。わからないことは、彼に訊《き》くといい。大丈夫よ。理市も馬鹿じゃない。この家であなたに手出しをしたら、命を落とすのは自分のほうだと理解しているわ」

そう言うと、真南子は集めた食器を盆に載せ、立ち上がった。

ほどなく、庭に面した和室のほうから、理市が現れた。

理市は、和室と板の間の境に立ち、両手をジャンパーのポケットに突っ込んだまま、アリスを睥睨《へいげい》した。

アリスは身構えた。昨夕ほどの恐怖は感じなかったが、抑えがたい不安が胸に湧いた。

その不安を、外へと追い出すために、アリスは理市に話しかけた。

「おはよう…ございます」

「ん…」

理市は鼻で応え、アリスの斜め向かいに腰を下ろした。

重苦しい沈黙が、アリスの体にのしかかった。

「あのさ――」「あの――」

理市とアリスは同時に口を開いた。

そして、言葉がぶつかると、同時に口をつぐんだ。

そこに、真南子がお茶を運んできた。彼女は、たったひとつの湯のみをアリスの前に置くと、ちらりと理市を一瞥《いちべつ》し、無言のまま席を外した。

アリスは湯気の立ち昇る湯のみを見つめた。

「これ…、天川さんは、…飲まないの？」

湯のみを目で示してアリスが尋ねると、理市は聞こえよがしに息をついた。

「真南子がしゃべったな。…どこまで聞いた？」

アリスは、記憶をたぐりながら、真南子から聞いた話の概要を伝えた。理市は、また息をつき、両手で前髪を掻《か》きあげた。

「それで、あんたはどうする？」

「どう…って」

「あんたの部屋のパソコンに送られた、通話の内容は消させてもらった。いくら探しても、おれの指紋や痕跡《こんせき》は出ない。それでも、昨日、あんたが聞いた話を、他のやつらに話すのか、ってことだ。…話してもいいが、変なやつだと思われるだけだぞ」

そうだろうな、とアリスも思った。だが、わかりました、と答えるのは、癪《しゃく》だった。そもそも、口止めをしながら、一方では、話してもいいと言う。理市の本意は、どちらにあるのか。わざわざ足を運んだことから考えれば、前者としか思えなかった。

しかし、アリスが話したところで、さほど深刻な影響もなさそうだ。理市が言うとおり、証拠がなければ、なにを言ってもアリスの妄想になってしまう。第一、大学の控室での放火の際にも、鏑木の自宅に放火したときにも、出入りが不可能なはずの窓から出入りしたという話には、まったく現実味がなかった。

「…本当に、放火したとき、窓から出入りしたの？」

「あー。別に信じてくれなくていいよ」

「…いいえ。わたしを納得させて。そうしたら、昨日、聞いた話は、だれにも話さないわ」

「面倒くせーな…」

理市がぶつぶつ言いながら、ちゃぶ台に手をついた。

次の瞬間、彼は部屋の角――天井に接する壁面に、体を横向きにしてへばりついていた。

アリスは、驚きのあまり立ち上がり、反射的に理市から離れようとした。他方、このからくりを知りたくて、じっと理市を観察する。

よく見ると、彼は指で天井板に打ち付けた横木を一本、つかんでいた。

「うわ…、気持ち悪…」

アリスの無意識のつぶやきに、理市が怒りを表す。

「なん――」

理市の声が途切れた。同時に、もっと驚くべきことが起きた。

理市が、天井の一部を道連れに、落ちてきたのだ。

恐ろしい破砕音とともに、木片が散り、埃《ほこり》が舞った。

理市は、鮮やかに着地したが、アリスはその場に座り込んでしまった。

すぐに、真南子が駆けつけた。

「あんた、なんてことを――!」

「弁償《べんしょう》する!!」

「あたりまえでしょ! ったく、総太《そうた》だって、こんなことしないわよ」

真南子が嘆息した。理市は、ぺたりと床に額をつけた。

「すみません」

「悪いと思うんなら、アリスちゃんに手出ししないで」

「あ、そうくるの? …まあ、いいか。当分はね」

理市が仕方なさそうに同意し、足を伸ばしてため息をついた。

真南子は、さほど勝ち誇ったふうもなく、手早くかっぽう着を脱いだ。

「私、配達に行ってくるから、理市はアリスちゃんを送ってあげて」

「えー、めんどくせーな」

「そういう言い方をしないの」

「はいはい。承知しました」

「返事は一度」

「はいはいはい」

理市が、わざと三度も返事した。

その直後、真南子が理市のほうへと踏み出した。

理市は、さっと両手を上げ、頭をかばうそぶりを見せる。しかし、真南子は理市に目もくれず、彼の脇を通って和室のほうへと去っていった。

完全にすかされた理市は、わずかに顔を赤らめて伸びをする。

失敗をごまかす猫のようだ、とアリスは思った。

真南子が配達に出かけると、理市がアリスに言った。

「おれらも行こうぜ」

「どこへ？」

「あんたの家だよ。送れ、と真南子に言われたからな」

早くしろ、と理市がわめいた。アリスは、つい昨日、自分を殺そうとした相手に送ってもらうことに抵抗を感じたが、一方で、理市が律儀に真南子の言いつけを守ろうとしていることが、おかしくも感じられた。

板の間の隅に掛けられていたコートに袖《そで》を通し、鞄を手にしたアリスは、理市と連れだって真南子の家を出た。

車かと思えば、理市は駅に向かって歩きだす。

アリスは、沈黙の重みを恐れる気持ちもあって、理市に問いかけた。

「地下鉄なの?」

「ガソリン代が惜しい」

理市が、両手をジャンパーのポケットに突っ込んだまま、ぶらぶらと歩きつつ、アリスに目も向けずに答えた。アリスも、理市から目をそらし、前を見つめた。

「…じゃあ、わたしの家まで歩きましょう。謹慎中だから、時間はあるわ」

理市のせいだ、と思うと、わずかながら腹が立ってきた。もちろん、いちばん責任が重いのは自分だ、という自覚もあったけれど。

「事件から外されたのよ」

「それは、よかったな。どうせ、犯人は挙がらない」

「でも、…結花さんが心配だわ」

それは、偽らざるアリスの本心だった。

「美奈子《みなこ》さんは、どうして結花さんに嫌がらせをしようと考えたの？」

「さあな。どうせ、女同士のいざこざだろ」

「理由も聞かずに、放火を請け負うの？」

「金さえ払ってくれればな」

「どうして、そんなにお金が必要なの？」

ためらいのないアリスの問いかけに、今度は理市がアリスに目を向けた。

彼は、珍獣でも見るようなまなざしで、アリスの顔を凝視した。

「あんたは、金がほしくないのか？」

「…ほしいわ。でも、犯罪に手を染めようとは思わない」

「それは、あんたがいい家に生まれ、充分な教育を受けて育ち、頭がよくて、まともな会社に就職したからだよ」

あ、会社じゃねーか、と理市がつぶやいた。アリスは嫌な気分になって反論した。

「親のおかげは認めるわ。だけど、そういう条件が揃っていなくても、犯罪なんかに関わらず、きちんと生きている人は大勢いるわ」

「ふーん。『きちんと』ねぇ。あんたの言う『きちんと』ってのは、具体的には、どんな内容なワケ？」

理市の声音が、嘲《あざけ》りの響きを帯びた。アリスは懸命《けんめい》に答えを探した。

「犯罪性のない、…社会に有益な仕事をして、自分や家族を養っていくこと。…それは、まあ、事情があって、働けない人もいるけれど」

「基本は働いて、自分の住処を維持して、飯を食うってことだろ？　なら、おれもそうしているだけだ」

「…飯って、…血のこと？」

まずい方向に話を転がした、と悔みつつ、アリスは声を低めて尋ねた。

対する理市は、頭の後ろで両手を組み、至極あっさりと答える。

「そういうこと」

「…動物の血って高いの？」

はあ？　と理市が語尾上がりに頓狂《とんきょう》な声を上げ、呆れたと言わんばかりに、額に手を当てて首を激しく左右に振った。

「あんた、真南子になに聞いたんだよ？」

「え？　…天川さんたちは、動物の血を飲んでいる、って」

おずおずと答えたアリスの鼻先に、理市が指を突きつける。

「ぶーっ、外れ!!　そんな馬鹿なことをしてる連中もいるけどな。おれは、動物の血なんて、そんなまずいもんは、絶対にお断り」

「じゃあ、どうするのよ?」

「人間の血を飲むに決まってるだろ」

あんたも馬鹿か、と理市が言い添えた。

おかげでむかっ腹が立ち、理市の発言を深く考える暇がなかった。

「人間の血を飲むと、いろいろ面倒なことが起こるって、真南子さんが…」

「そりゃ、相手が死ぬほど飲むからだろ。おれは適量で、二〇〇から四〇〇ccだから」

「…け、献血?」

「まあね。週三で、それぐらい飲んどけば、普通に暮らしていけるわけよ。ただ、血を摂る相手の状態を、健康的に保っとかないとだめだから、そっちに金がかかるわけ」

アリスの頭に、『ポアン』のキャバ嬢マリンの姿が浮かんだ。

「もしかして、マリンさんは…」

「うん。あいつは、おれの飯のもと。健康的な生活をしてもらうために、いろいろ金がかかるんだけどな。うまいのよ」

「…血が?」

「そう。血が」

理市が真顔でうなずいた。

アリスは、すこし気持ちが悪くなった。

それが表情に表れたのか、理市が不服そうに眉をしかめる。

「なんだよ、その顔」

「いえ、ちょっと…。…天川さんは、いつもマリンさんの血を飲むの?」

「まさか。他にも女はいるよ。続けて飲んだら、マリンが死ぬだろ。そしたら、また新しい女を探さないといけなくなるじゃないか」

「通りすがりの人を襲うことはないの?」

「ないよ。…すくなくとも、おれはやらない」

「…やる人もいる、ってこと?」

それも嫌だな、と思うアリスと裏腹に、理市の答えは容赦《ようしゃ》なかった。

「そりゃあ、いるだろ。人間の中にも、スーパーに行けば肉が買えるのに、わざわざ鉄砲担いで山に入るやつがいるだろ。あれと同じじゃねーの? 単純に、飯を食う楽しさとか必要性の他に、自分の手で獲物を追い詰めるスリルを求めてる。…まあ、おれは人間だったことはないから、本当に同じかどうかはわからないけどな」

「…人間じゃないの、本当に?」

「さあな。もとは、同じ原人かなんかで、途中で枝分かれした生き物なのか、似たような姿をした別の生き物なのかは、まったくわからん。学者とかが調べれば、わかるのかもしれないが、おれは調べられたくないよ」

「…でも、調べている人…がいるのよね？　真南子さんが、そんなことを言っていたわ」

　アリスがつぶやくように反論すると、理市は眉をしかめた。

「あいつらは、ただ自分の欲しい答えを探しているだけだ。おれたちのことを、そこらに転がっている石ころと同じぐらいにしか考えてない。…普通は、自分と同じ姿をしていたら、自分と同じように痛みを感じるかも、とか思うだろう？　あいつらには、それがない。よくも、あそこまで冷酷になれるもんだぜ」

　話しているうちに、理市の目の奥に、憎悪の炎が宿った。アリスは、すこし話をそらしたほうがよさそうだ、と考えた。

「天川さんも、『人間』の気持ちなんかを考えたりするの？」

「それは、する」

「わたしを殺そうとしたのに？」

「いちおう悩んだし、結局は止めただろ」

「…真南子さんに止められたから？」

「んー、そうかもな。まあ、殺しにくそうだし」

　アリスと理市は、しばらく無言で歩いた。大通りを避けて路地を歩いていたせいか、さほどの喧騒《けんそう》は感じない。ときおり、人や自転車とすれ違うだけで、静寂をはらんだ朝の寒気が二人を包んでいた。

「ねえ——」「なあ——」

アリスが口を開いた瞬間、理市も話しかけてきた。

言葉がぶつかり、二人は同時に言葉を切った。

どうぞ、と理市が手の動きでアリスに先を譲った。

そんなに大したことではないけれど、と思いつつ、アリスは尋ねた。

「天川さんは、血しか飲めないの？」

「ああ。…人間の食う物も、噛《か》んだり飲みこんだりはできるけどな。それで腹が膨れるということはない。うまいとか、まずいという感覚もない」

「そう。…でも、血にも、おいしいとか、おいしくないとかあるんでしょう？」

「うん、ある。動物の血はまずい。人間の血はうまい」

「だけど、動物と人間の血は、なにがちがうのかしら？」

首をかしげるアリスに、理市がさらりと答えた。

「塩分濃度。…人間の血は、他の生き物の血と比べて、血中の塩分濃度が、とびぬけて高いんだとさ。それが理由じゃないか、と螢《けい》が言っていた」

「なるほどね」

アリスはうなずいた。

そういえば、聞いたことがある。人間を襲って食べた獣——ライオンやトラなどの獣は、また人間を襲おうとする。それは、人間が手ごろな獲物だからではなく、人間の肉が美味だからでもなく、血液に特別な美味を感じるからだ、と――。

「人間も、塩辛い物はおいしいと感じるものね」

でも、とアリスは、かすかな気鬱《きうつ》のもとに問いを重ねる。

「螢さんって、真南子さんの弟さんよね？」

「義理だけどな。あいつは、おれと同じ種類の生き物だ。ただ、まだ人間の血を飲んだことがない」

「どうして？」

「あいつはコロニーのリーダーなんだ。だから、うっかり人間の血を飲んで、死体を作るわけにはいかないんだろ。あいつの家の冷蔵庫には、パック詰めの血液が山ほど保管されているんだろうよ。…おー、気色悪…!!」

たしかに、とアリスは思ったが、それは彼らが人間と穏やかに共存するために選んだ方法だと考えると、むしろ好意的にとらえるべき光景かもしれない、と思えてきた。

血だけを飲んで生きている、人間に酷似《こくじ》した人々がいると思うと、本当に気色が悪い。けれども、その内情は、人間を死なせないために動物の血を飲む者、限られた人間にお金を渡し、その人間の健康に気を配りながら血を飲む者、さらには、人間の生死を問わず、自らの欲求を満たすために人間を襲う者など、多岐にわたっていた。

「どうでもいいけどさ。あんた、けっこう冷静だよな」

　理市に指摘され、アリスは首をかしげる。

「そうかしら？」

　理市が、こくんとうなずく。

「まあ、実際に、おれらが血を飲むところを見ていないから、そこまでの実感がないのかもしれないけど、おれに嚙まれて倒れたし、おれらの喧嘩《けんか》とかも見てるだろ。それなのに、あれこれ質問して、『なるほど』とか納得する。…おれは、人間の女に、こういう話をしたことがないから、よくはわからないんだけど、…そんなもん？」

　アリスは考えを巡らせ、ゆっくりと心境を語り出した。

「実感がない、というのは大きいかもしれない。でも、別の気持ちもあるの。…わたし、蝙蝠《こうもり》になったことがあってね」

「あん？」

「ちょっと、…事件があって、しばらくしてから、ひどくめまいがしはじめた。音が、ぜんぜん別の方向から聞こえたりしたの。空を飛んでいるはずのヘリコプターの音が、足許の地面から聞こえたり」

「どこが蝙蝠なんだよ？」

「耳鼻科に行ってね、検査を受けたら、先生が言ったのよ。『宇佐木《うさき》さん、よく聞こえてる。ほら、ここの音域なんか、八〇パーセントも聞こえてるよ。でも、この音域は、本来は人間には聞こえない。蝙蝠が、自分と物との距離を測るために聞くような音域なんだよ』って」

「…そりゃあ、また」

「人間が蝙蝠の音域の音を聞くと、健康な生活が保てないらしいわ。わたしも、薬をもらって、ずれていた聴覚の機能を治したの。でも、健康な人間に聞こえなくたって、蝙蝠の音域の音は、そこかしこに普通に存在している。そんなふうに、人間の耳には聞こえなかったり、目に見えなかったりするものが、想像しているよりも、ずっとたくさんあるんじゃないか、と思ったわ。ううん、もともと人間が見たり聞いたりできるものは、すごく少ないのかもしれない。…天川さんたちの存在も、そういうものかもしれない…と思う」

「よくわからん。…あんた、螢と話が合うかもな。あいつはインテリだから」

「そうなの?」

「ああ、そうなのよ。あいつは、…あんたの言うところの、まともな仕事をしていて、その稼ぎで自分と家族を養っているしな」

ふしぎな話だわ、とアリスは、妙にしみじみとした気分になった。

そんな気分を、横合いから理市が破壊する。

「なあ、蝙蝠の姉ちゃん。美奈子をパクるのを手伝ってやろうか？　…いや、あんた、捜査から外されたんだっけ。…じゃあ、結花から手を引かせる方向で」

「…どうするつもり？」

「美奈子に暗示をかけて、事情を聞きだす。もしくは、意識を変える」

「…美奈子さんを噛むの？」

「犬みたいに言うなよ。たしかに、噛むんだけどな」

「東京まで行って？」

「そう。交通費は、あんたが持ってくれよな」

「うーん…」

アリスは考えた。昨日、理市に噛まれたあとの状態を思い出すと、あまり同意したくなかった。しかし、他にいい方法を考えつかない。捜査から外された立場である以上、アリス個人にとれる行動も限られていた。

「…結花さんから事情を聞きだすこともできる？」

「ああ？　結花って女は、被害者だろ？」

「そうだけど、現場に残されたバンビの人形を見て、怯えていたわ。結花さん自身も、今回の放火には心当たりがあるのかもしれない」

「じゃあ、まず先に、結花から話を聞くか」

あっさりと理市が同意する。そのかるい反応に、アリスは不安を抱いた。

「大丈夫なの？　結花さんも暗示にかからないとか、そういう可能性はないの？」

「可能性はある。だが、低い。…言っておくが、おれの暗示にかからなかった人間は、あんたが一人目だからな」

「そんなに少ないの⁉」

　アリスは、思わず驚きの声を上げたが、はたしてこれまで理市が血を飲んできた相手は、何人くらいいたのだろうか、と考えなおした。

　人数が少なければ、アリスが一人目でも、暗示にかからない確率が低いとは言えない。けれども、百人、千人の単位なら、それなりに確率は低いことになる。

　そんなふうに希少な存在にはなりたくなかった。一方で、結花がつつがなく暗示にかかり、事件が解決することも願っていた。

「…暗示をかけたら、自分が話したことも忘れるのよね？」

「忘れろ、と暗示をかけたらな」

「血を飲まれたことも？」

「もともとは、そのための能力だ」

「…暗示を使って、お金を盗《と》ったりもできるんじゃない？」

　アリスは、ふと頭に浮かんだ思いつきを口にした。理市は、いささか軽蔑《けいべつ》を感じさせるまなざしでアリスを見つめた。

「あんた、普通とか、きちんととか言うわりに、さらっとそういうことも言うのな」

「勧めているわけじゃないわよ。…ただ、放火とかをするのなら、そういうやり方のほうが、楽なんじゃないかと思って」

「楽じゃない。暗示をかけるなら、人数の少ない家を狙わなきゃならないだろ？　そうなると、一人暮らしの老人とかになる。おれは、老人の血は飲みたくない。それに、窃盗は、つじつまが合わせにくい。何かを買ったという暗示を与えても、買ったものがなければ疑問が残るし、落としたという暗示を与えても、警察に届けたりされて、なんとなくすっきりしない」

「いろいろ事情があるのね」

「あんたには、無関係な事情だよ。もう、よけいな質問はしないでくれ」

「…ごめんなさい」

アリスが詫《わ》びると、理市は鼻を鳴らした。

「結花は、あんたが呼び出せよ。あんたの家に連れていくとか、ホテルに部屋をとるとか、周りに人がいない状況を作り出せ」

「わかったわ。…でも、うちは、ちょっと無理があるかも。ホテルも、なかなかうまい口実が見つからないわ。…天川さんは、なにか考えつかない？　いつも、マリンさんたちを誘うんでしょう？　なんて言うの？」

「使えねー女だな。あんたは、もう黙ってろ」

理市が呆れたように吐き捨て、道をそれて近くの公園に入ると、無人のブランコの横に立って、携帯電話で電話をかけはじめた。

アリスは、理市のそばに立ち、じっと彼の動作を見ていたが、犬でも追い払うような手つきで、あっちに行け、と指示される。

しかたないので、ブランコに座った。

ほどなく、斜め上方から理市の声が落ちてきた。

「あ、真南子？　おれおれ、理市。ちょっと手伝ってほしいことがあってさ。うん、ウサギが、どうしても力を貸してほしいって、うるさいからさ――」

――もしかして、ウサギって、わたしのこと？

まあ、いいけど、とアリスは、ブランコを小さく揺らしながら息をつく。

――天川さんにウサギって言われると、妙に獲物っぽい…。

うんうん、とか、はいはい、とか、理市は真南子と会話を続けている。

どうやら、真南子の協力を得られそうな雰囲気だ。

しかし、アリスは、真南子に申しわけないと思った。たしかに、彼女の店を借りるのは、現時点で最良の選択かもしれないが、結花は真南子の顧客の一人だ。そんな相手に、職場で暗示をかけるのは、やはり抵抗のある行為のように思われたのだ。

もっとも、理市は、そんなことは露《つゆ》ほども考えていない様子だった。満足そうな顔で電話を切り、上機嫌で報告する。

「真南子の了解、とれたぞ。明日の夕方、店に結花を呼び出してくれるってさ。時間は、また連絡するから、あんたも店に来いよ」

「わかったわ」

「じゃあ、これ。おれの携帯の番号な」

理市が、ジャンパーの胸ポケットから名刺を取り出し、アリスに渡した。マットなオレンジ色の名刺には、便利屋・天川理市、と印刷されていた。

「…美奈子さんも、これを見て、仕事の依頼に来たのかしら?」

アリスのつぶやきに、理市は首を横に振った。

「あの女が持っていたのは、駅にある、広告入れに入っていた紙だ」

「つまり、通りすがりに広告を見て、天川さんの店に行ったわけね。それで、彼女はちゃんと自分の住所を教えたの?」

「いいや、でたらめを書いてたぜ。けど、まあ、本当の住所は聞きだしてあったからな」

「…暗示で?」

「そう、暗示で」

「支払いは、どうする約束だったの?」

「とある場所に、現金書留を送るように指示した」

「それが、届かなかったのね。で、東京まで取り立てに行ったら、逆に脅しのための男たちを送りこまれた、と」

「ああ？　一昨日の夜のことなら、須賀美奈子は関係ないぜ？」

理市が怪訝そうに言い、アリスに目を剝《む》かせた。

「関係ない⁉」

「そう。てか、関係あるとか、おれは一言も言ってないけど？」

「で、でも、電話かメールがあったんでしょう？」

「あった。けど、ああいう連中はさ、『わかってるだろ』とか、『覚えがあるよな』とか、あいまいなことを言うんだよ。こっちは、常に複数の仕事を抱えてるんだから、はっきり言わなきゃわかんねーっての。一個のことしか考えられない暇人とはちがうんだからさ」

行こうぜ、と理市が公園の出入口を指した。

アリスは、歩きだしながら、なおも尋ねた。

「じゃあ、あなたが東京に行ったのは？」

「取り立て。それは、もう話しただろう」

「そのとき、美奈子さんはなんて言ったの？」

きゅ、と理市が眉間にしわを刻んだ。

「金はない。あたしがもらいたいくらいだ、と。美奈子が犯人だと警察に言ったら、放火の実行犯がおれであることも暴露するって言いやがった」

「じゃあ――」

美奈子を捕まえたら、理市も芋蔓式《いもづるしき》で捕まるということか。

それが正義だが、アリスはためらいを覚えた。

顔を曇《くも》らせたアリスに、理市がにやつきながら問うた。

「たいへんだわ、とか思ってる？」

「…留置場で、他の人が襲われるんじゃないか、と思って」

「それそれ。留置場は、男女別々だからな。むさい男の血なんか、飲みたくないっての」

ははは、と声をたてて笑い、理市は笑顔のまま言った。

「美奈子は、おれを名指しできない。東京に行ったとき、おれには仕事の依頼を断られた、って暗示をかけといたから。…それに、あの女、本当に金を持ってなかったぜ。支払い名目ならいけるかと思って、暗示で金を払わせようとしたんだが、ないって言ってんでしょ、って逆ギレされた。財布と通帳をぶつけられたけど、本当にすっからかんだった」

「…それは、暗示にかかってない、ということではないの？」

「ちがうね。こっちが、『支払いの請求』という形をとったから、それに反応しただけだ。おれが美奈子のイロで、金を作ってこいと命じた、という暗示をかけたら、たぶん回収できたんだろうけどな。そこまでやるのは、おれの性に合わない。…つじつまを合わせるのが、面倒くさいしな」

理市が、自分の言葉にうなずいた。途中までは、ちょっといい話かもしれない、と思っていたアリスは、落ちの部分に呆れてしまった。

「面倒くさい、って天川さんの口癖《くちぐせ》なのね」

「なんだよ。別に、いいだろ」

「ええ、もちろん。…ここまででいいわ。疲れたから、タクシーに乗って帰ることにする」

「わお、おっ金持ち」

理市が揶揄《やゆ》した。

アリスは、いらっとして、週に三度もキャバクラに通っている男には言われたくない、と思った。しかし、それは食事のためだ、と思い直す。

そう考えると、理市のしていることは贅沢《ぜいたく》なのか、なんなのか、よくわからなくなった。

9

自宅に戻ったアリスは、鞄《かばん》を床に置いて、ソファに倒れ込んだ。昨日、家を出てから、今朝、家に戻るまでに見聞きした、すべての出来事が、起きたまま見た夢のように感じられた。

だが、夢ではない――。

アリスはのろのろと立ち上がって服を脱ぎ、シャワーを浴びた。熱い湯に体を叩かれると、体の芯に凝《こご》る疲れが抜け落ちていく心地がした。

シャワーを終え、とりあえず部屋着をまとったアリスは、ぐんと両腕を上に伸ばし、コーヒーを淹《い》れるために薬缶《やかん》を火にかけた。

そのとき、携帯電話が鳴った。アリスは、急いで通話ボタンを押した。

「はい、宇佐木《うさき》です」

相手は答えなかった。

重苦しい沈黙の気配が、アリスの耳に伝わってきた。

「もしもし？」

やわらかい声で問いかけると、一拍おいてから、消え入りそうな声が応じた。

『高橋《たかはし》と申しますが…』

「結花《ゆか》さんですか？　おはようございます」

アリスは、驚きを隠して呼びかけた。

またも一拍おいてから、結花が挨拶《あいさつ》を返した。

『おはようございます。…いま、お話ししても大丈夫ですか？』

「大丈夫ですよ。どうしました？」

アリスは親身に、しかし、深刻な雰囲気を生まないように注意して、結花に問いかけた。

結花は沈黙した。

アリスは待った。けれども、三十秒が過ぎたころ、自分のほうから口を開いた。

「実は昨夜、古布里《こふり》の店長さんにお会いしたんですよ。お店にお邪魔させていただいたんです。新しい着物がいろいろ入っていました。赤い椿《つばき》の模様の小紋《こもん》が、粋《いき》なのにかわいくて、結花さんに似合うかも、って店長さんがおっしゃっていましたよ」

『そうですか…』

結花の声が、すこしだけ明るくなった。アリスはたたみかけた。

「お時間があるなら、お茶に付き合っていただけませんか？　わたし、今日、…非番なんですが、一緒に出掛ける友達がいないんです」

『平日ですものね』

結花の声調が、平静さを取り戻してきた。

アリスは、喜びを押し隠し照れくさそうに応じた。

「京都に赴任が決まったときは、やった、京都だ、と喜んだんですけどね。なかなか、ほっこりする場所を見つけることはできなくて。隠れ家的な場所は、やっぱり隠れちゃっているので、発見がむずかしいんです」

『……スパロウテイルホテルのカフェはどうですか？』

声を細めて、結花が言った。アリスは、快哉を叫びたい気持ちを懸命《けんめい》に抑えた。

「えーと、京都駅の近くのホテルですよね？」

『はい。八条口《はちじょう》にあります』

「では、そこでお会いしましょう」

結花がまた沈黙した。アリスはすかさず言葉を継いだ。

「何時にしましょうか？」

『…じゃあ、五時に』

小さな声で結花が言った。アリスは、明るく同意した。

「ええ、五時に。…ホテルのロビーでお待ちしていますね」

『はい。それでは』

電話が切れた。

アリスは、しばらく携帯電話を耳に当てたまま考え、電話をしまってから、また考えた。

——なにかあったのかしら？　真南子《まなこ》さんが明日、結花さんを呼び出してくれると言ったけれど、その必要はなくなるかもしれないわ。

とりあえず理市《りいち》に知らせておこう、とアリスは、壁のボードにクリップした名刺を見ながら電話をかけた。しかし、理市は応答せず、留守電機能が作動する。急ぐ用事ではないので、今夕《こんせき》、結花に会うことになった、とだけ吹きこんだ。

それから、服を着替えて家を出た。

結花との約束の時間までに、片平《かたひら》の妻を見舞っておこうと考えたのだ。


病院で、しばらく片平夫妻と歓談したのち、アリスは市バスに乗って京都駅に向かった。京都駅に到着したときには、午後四時半を過ぎていた。

アリスは、人にぶつからないように注意して、足早に駅のコンコースを通り抜けた。八条口の階段を降り、もっとも通路の幅が広い飲食店街を抜け、外に出て道を渡る。

スパロウテイルホテルは、八条通をはさみ、京都駅と斜めに向かい合った白亜《はくあ》の建物だ。ロビーに駆け込んで腕時計を見ると、五時五分前だった。

アリスは汗をぬぐいつつ、視線を巡らせた。結花は、広々としたロビーの一角に配された、背もたれのない四角い椅子《いす》に、ぽつんと座っていた。

「すみません。遅くなってしまいました」

アリスが駆け寄ると、結花は驚いたように顔を上げ、力なく微笑《ほほえ》んだ。

「いいえ。私が早く来すぎてしまって…」

行きましょうか、と結花がエレベータのほうを指した。アリスはうなずき、立ち上がった結花と並んで歩きだした。

エレベータで八階まで上がる。わざと暗めに作られたフロアには、趣《おもむき》のある照明が配され、飲食店の入口が四つあった。

「こっちです」

結花が、いちばん端にある入口に、アリスを案内した。

そこは、オーク材と思われる重厚な木材の壁面に、大小の水槽を嵌《は》めこみ、色鮮やかな熱帯魚を泳がせている、ふしぎで雰囲気のある店だった。

木製のドアを開けて中に入ると、店内は薄暗く、たくさんの水槽が並んでいた。席と席とを隔てる壁が水槽で、柱も円柱型の水槽だ。青や黄色の淡い光の中、ゆっくりと立ち昇る泡をかすめて、小さな魚たちが泳いでいる。

「…きれい」

アリスがつぶやくと、結花は小さく笑った。

「暗くて静かだけど、窓辺に行くと、ちゃんとオープンなんですよ」

ほら、と結花がアリスを店の奥に連れていった。

どういう作りになっているのか、奥に進むと、店内が明るくなり、大きな窓の向こうに京都駅が見えた。間仕切りのための水槽も、小さな熱帯魚ではなく、大きな魚の入った大型のものになる。

「どちらの席になさいますか?」

どこから現れたのか、グラスの載った盆を手にしたウェイターが尋ねる。

結花は、窓辺の席を選んだ。席に着いた二人は、メニューを見ながら、しばらく食べたいものや、夕飯のことを考えると時間が半端だとか、たわいのないことを話し合った。

「この店は、パンケーキとクレープがおいしいんですよ」

結花に勧められて、アリスはカシスのパンケーキを選ぶ。飲み物は、ホットのキリマンジャロ。結花は、クレープシュゼットのアプリコット添えと、ロイヤルミルクティーを注文した。

「ああ…、太っちゃう…」

アリスは笑いながら息をついた。

結花は、真顔で首をかしげ、アリスのつぶやきを否定した。

「宇佐木さんは、ぜんぜん太っていませんよ。やっぱり、たくさん歩かなければいけないお仕事だからかしら？　なんだか、逆に引き締まっているように見えます」

「うーん。それが、警察は意外とデスクワークの多い職場なんですよね。なんでも、すぐに書類を作らされます。そこにかかる時間が、けっこう多くって」

「…放火の犯人は、捕まりましたか？」

わずかに声を低めて、結花が尋ねた。

これが、結花がアリスに会いたがった理由だろうか。そう考えながら、アリスは歓談の姿勢を崩さずに答えた。

「まだです。捜査は続いていますけどね」

「容疑者…というんですか、そういう人は見つかったんですか？」

この問いになんと答えるべきか、アリスは迷った。

アリス自身は、容疑者を知るに至ったが、その事実を裏付ける証拠がない。容疑者を知った経緯についても、とても公《おおやけ》にできるものではなく、後任の捜査官が、その人物に疑いの目を向けているかもわからない。そもそも結花には伝えにくい事実でもあった。今回の放火は、彼女の友人が、彼女を苦しめるために行ったことだったのだから。

すみません、とアリスは詫《わ》びた。

「あまり詳しいことは、お話しできないんです。…被害に遭われたのは、結花さんの婚約者で、いちばん心配していらっしゃるのも結花さんなのに、捜査の内容を知ることができないなんて、おかしいと思われるでしょうけど」

「…いいえ。…警察は、そういうものだと思います」

感情のこもらない、冷淡な声で結花が応じた。彼女は、警察に対して何の期待もしていないのだ。警察が市民を助けるとは思っていない。

そういうもの――。

アリスは、結花の言葉に対して、すくなからぬ共感を抱いた。同時に、そうした考えを抱くことは、不幸なことだとも感じた。

犯罪に巻き込まれたとき、個人でその事態に対処できる人間は、ごくまれだ。だから、対処できる機能と権限をもった警察に、助けを求める。だが、そこに一片の信頼も期待もないとなれば、傷ついた人は、なにを心のよりどころにすればいいのだろうか。

「…結花さんは、警察がきらいですか？」

アリスの問いかけに、結花は驚いた顔で目を瞬《またた》いた。けれども、すぐに建前の表情を捨て、嘆きのこもった息をつく。

「そういうわけではないんです。…でも、あまりいい印象はありません」

「なにか、いやな経験をされましたか？」

「…ええ。母が亡くなったとき、…ちょっと特異な状況だったので、嫌味…みたいなことを言われました」

「…特異な状況というのは？」

アリスはあえて尋ねた。結花は、細い息をついた。

「冬のはじめに、アパートの階段から落ちたんです。動けなくなったようで、次の朝、階段の下で凍死しているのが見つかりました。…警察の人には、気がつかなかったのか、と何度も聞かれました。母と喧嘩をしていなかったか、とか。…私が殺したのではないか、と疑われていたのかもしれませんね。…でも、私は、そのとき家にいなかったんです」

「どちらにいらしたんですか？」

「……友達のところに」

おそらく美奈子《みなこ》だろう、とアリスは思った。ここで、突っ込んだ質問をするべきかどうか迷う。けれども、アリスが問いを発する前に、結花が言葉を継いだ。

「うれしかったんです」

「え？」

「…母が死んで、私、うれしかったんですよ」

だから、と結花が、うつろな目で空を見つめて微笑んだ。

「つらいことが起こると、罰《ばつ》を受けているのかもしれないと思うんです。母の死を喜ぶなんて、ひどいことをした罰を」

「そんなこと――」

「ありませんよね」

結花が急に元気を取り戻し、笑顔で舌を出した。

「私一人を見張っているほど、神さまは暇じゃない。もし、罰を与えるのなら、助けてと頼んだときに、一度くらいは助けてくれなくては、不公平だわ」

アリスは、コンビニエンスストアの前に座っていた結花の心を覗いた心地がした。

助けて――と、そのとき結花は、だれの耳にも届かない声で、懸命《けんめい》に叫んでいたのかもしれなかった。


――行かなければ…。

アリスと話しながら、そっと時計を見て結花は思った。

本当は、行きたくなかった。

この場で、アリスにすべてを打ち明けて、助けを求めたかった。

だが――。

それでは秘密を守れない。

結花は、自分が援デリをしていたことを、だれにも言いたくなかった。伯母《おば》にも、伯父《おじ》にも、友達にも、同僚にも、上司にも、他のだれよりも鏑木《かぶらぎ》には知られたくなかった。

昨夜、美奈子から電話がかかってきたのだ。

美奈子は、声をひそめ、放火の犯人を見つけた、と言った。

『結花の婚約者に嫌がらせをしたのは、月島《つきしま》だよ。…覚えてる？』

もちろん、覚えていた。

月島等《ひとし》は、美奈子が率いる援デリのグループのケツを務めていた。しかし、ひそかに結花たちの客になった男たちを脅し、金をせしめていた。

月島は、小心な男だった。反面、ずるくて残忍《けんちょ》だった。強い者にはへつらい、弱い者はいたぶろうとする。そういう傾向が、極端に顕著な男だった。

結花も、月島に脅されたことがある。

援デリをしていることを母親に知られたくなかったら、やらせろ、と言われたのだ。知らせてもかまわない、と結花は答えた。そのころには、もうほとんど家に戻らなくなっていた。月島の脅しは、なんの効力もないものだった。

結花は、そのことを美奈子に伝えた。

美奈子は、他の男友達や援デリ仲間の力を借りて、月島を袋叩きにした。その後、まもなく客に対する脅迫も露見して、月島は姿を消した。

あの月島が――？

美奈子の話を聞いたとき、結花は疑問を抱いた。なぜ彼が、現在の結花の消息を知っているのか？

しかし、同時に、やはりと思った。

あの日々から――暗闇の中で、泥土《でいど》の中をのたうちまわるような苦痛からは、本当の意味で自由になれる日など来ないのだ。

引き戻される。

死にたい、と結花が思った瞬間に、電話の向こうの美奈子は言った。

『千五百万円。…それで、手を打つってさ』

「…え？　どういうこと？」

頼りなく揺れる声で尋ねた結花に、美奈子は苛立ちを示した。

『口止め料だよ。あんたが、…「汚い仕事」をしてたこと、お金持ちで有名人の鏑木先生には知られたくないだろう？　…って、月島が。…払うよね？』

結花は、全身からじっとりと汗が染みだすのを感じた。

「…でも、…千五百万なんて、…とても」

『だったら、稼げばいいじゃない』

なんのためらいもなく美奈子が言った。結花は考えを巡らせ、美奈子の言葉の意味を理解した瞬間、口から心臓を吐きそうになった。

饐《す》えた臭いのする薄暗い密室で、初対面の男と二人きりになる恐怖。濁った眼で値踏みされる屈辱感《くつじょく》。肌を滑る、ねっとりと汗ばんだ手の感触を思い出す。

結花は怖気《おぞけ》をふるった。全身に鳥肌が立ち、体の芯が冷たくなった。

「…無理よ。…できない」

『なんで?』

問いかける美奈子の声は、あっけらかんとしていた。

「な、なんでって…」

『前は、ずっとやってたじゃないの。大丈夫だって。一晩に三人くらい客を取ればいい』

「いやよ。もう…、あんなことをするのは、いや」

『だったら、サラ金とかで借りる? それとも、婚約者に出してもらう?』

どっちも無理だ、と結花は絶望的な気持ちになった。美奈子は軽やかにたたみかけた。

『そんなに深刻になることないよ。あたしも手伝ってあげる。ずっと一緒に働いてきた友達だもん。…そうだ。客も見つけてあげるよ』

「…どうやって…?」

『出会い系サイト。援デリやってたときも、あたし、打ち子をしてたしさ。うんと払いのいい客を見つけてあげる。あのころも、結花には、いつもいい客を回してたんだ。…大事な友達だったから』

たしかに――。

美奈子は結花の恩人だ。唯一無二の親友だ。あの日、コンビニエンスストアの前で、美奈子が声をかけてくれなければ、結花は死んでいたかもしれない。援デリで売春をしたのも、生きるためだった――けれど。

『じゃあ、募集かけるね』

美奈子が、明るい声で宣言した。

『明日の夕方からでいいよね？　場所はどうする？　四条河原町《しじようかわらまち》？　それとも、京都駅？　んー、京都駅のほうがいいか。サラリーマン風の男が、若い女の子に声をかけてても、ふしぎはない感じだもんね。待ち合わせ場所は、あそこにしようか。結花と一緒にアイスクリームを食べた…』

「…リムジンバス乗り場の下の公園ね」

『そうそう。半地下の。あそこ、いい場所だよね。時間と、相手の特徴と、金額は、また明日、連絡するからさ』

そう言って、美奈子は電話を切った。

結花は、しばらく携帯電話を握りしめ、震えていた。

そして、眠れない夜を過ごし、仕事を欠勤し、昼前にアリスに電話をかけた。極秘裏に、今回の脅迫に対応してくれるかどうかを尋ねるために。

しかし、やはり、秘密を打ち明ける勇気は持てなかった。

だから——。
結花は、行かなければならなかった。

「そろそろ失礼します」

結花が退席を告げたのは、午後五時四十五分のことだった。

アリスは、反射的に結花に尋ねた。

「なにか、次の予定がありますか？」

「……ええ。……人に会わなければいけないので」

そう言って微笑んだ結花の頬には、かすかなひきつりが見て取れた。アリスは、問わなければいけないという衝動に支配された。

「結花さん。……なにか、心配事があるんじゃないですか？」

「……え。ええ……。……いろいろと」

結花は言葉を濁し、立ち上がって一礼した。

彼女が『いいえ』と言わなかったことに、アリスは強い迷いを感じた。

本当に、用事があるのかもしれない、と思う。それは結花にとって楽しからざる内容なのかもしれない。

だが、その用事が、結花にとって不本意なもので、それをアリスに打ち明けたかったのだとしたら――？

いま、このときが、それを聞きだす最後のチャンスかもしれない。

――でも、結花さんは話さないかもしれないわ…。

アリスは、危惧すべき局面を想像した。呼び止めて、問い質《ただ》し、答えを引き出せないいまに拒絶されたら、いまの流れを断たれてしまう。

アリスは腰を浮かせた。

「結花さん…」

立ち去ろうとする結花に呼びかける。

結花は、足を止め、もう一度、会釈《えしゃく》した。そして、また流れるような動きで歩きはじめた。

アリスは中腰になったまま悩み、ふと思いついて鞄を手に取ると、出入口脇にあるレジへと走った。店の外には、立ち去る結花の背中が見えた。

アリスは、レジについていたウェイターに尋ねる。

「支払いは…？」

「お連れの方が済まされましたよ」

「ありがとう!!」

満面の笑みで、ウェイターに礼を言い、アリスはドアの陰《かげ》に身を潜めた。

これで、結花のあとを追いかける口実が手に入った。

「…お客さま？」

怪訝《けげん》そうに問いかけるウェイターに、片手で謝罪の形を作り、アリスはなおもエレベータの前に立つ結花の姿を盗み見た。

ほどなく、チン、と音がして、エレベータの扉が開く。その中に、結花が乗り込んでいく。

アリスは、エレベータの扉が完全に閉まるのを待ち、店を飛び出して階段を駆け降りた。

ここで結花の姿を見失うわけにはいかなかった。

エレベータを降り、ロビーを横切った結花は、ホテルを出て右に折れる。そのまま、まっすぐ東の方向に進んでいく。結花が足を向けた方向には、老舗《しにせ》のファッションビルがあった。

とはいえ、人通りは多くない。

そのファッションビルとは逆の方向に、大型のショッピングモールができて、人の流れがそちらに向いているのだ。結花が向かっている方向には、若者向けの衣料を扱う、そのファッションビルと、ビルに併設された小さなビジネスホテルと、伊丹《いたみ》空港に向かうリムジンバスの発着場しかなかった。

駅裏とあって、それなりに幅広の歩道を、結花は足早に歩いていく。

あたりは、もう暗かった。

左手にある京都駅は明るく、三階部分に位置する新幹線のホームは、発着のベルの音でにぎやかだったが、広い道路をはさんだ歩道を歩いていると、それらは妙に遠く感じられ、かえってうら寂しいような感覚を抱かせた。

冷たい風が、物陰に身を隠しながら尾行するアリスの頬に触れた。
五、六分ほど歩いた結花は、ファッションビルとリムジンバスの発着場のあいだにある、地下道へと続く階段を降りはじめた。趣《おもむき》のあるレンガを使って作られた、幅広で段差が小さめの階段を降りると、途中には円形の踊り場がある。ベンチが置かれ、意匠《いしょう》を凝らした外灯がオレンジ色の光を放ち、バランスよく植えられた木々が影を落としている。その踊り場は、雰囲気のいい小さな公園のようだった。
結花は、その踊り場のベンチの脇で足を止めた。

アリスは、階段の上にある街路樹の陰に身を隠した。枝の間から様子をうかがうと、結花は思いつめた表情で、そこに立っている。

――待ち合わせかしら…？

アリスは、ちらりと時間を確かめる。

時計の針は、六時二分前を指している。

ほどなく京都駅の八条口に配されたからくり時計が鳴りはじめた。道路を走る車の音にかき消され、わずかに音楽が聞こえる程度だが、六時になったのだ。

さらに、二十分、アリスは結花を見つめていた。

結花は、腕時計を確かめてからスマートフォンを取り出した。そのとき、スーツ姿の男性が、トレンチコートの裾《すそ》をはためかせ、結花に駆け寄ってきた。

「笛木《ふえき》結花さん？」

男が、息を切らせながら問いかけた。

結花がうなずく。

アリスは身を乗り出した。男は二十代後半くらいの年ごろに見えた。やや小柄で細身だが、身のこなしには切れがあり、出で立ちには清涼感が感じられた。

「――だよね？」

男がなにか言った。

アリスには、前半が聞こえなかった。

ただ、結花が体を硬直させたように見えた。

男は、なおも結花に話しかける。

結花の返事は聞こえない。

男が、苛立った様子で結花の腕をつかんだ。

「いいから来いよ！」

「放して！　私に触らないで！」

結花が叫び、男の手を振り払おうとした。

彼女の声を聞いた瞬間に、アリスは階段を駆け降りていた。

「はーい、警察です！」

そう言いながら、走り寄る。ふざけたわけではなく、穏便に事態を収拾するためには、張り詰めた場の空気をやわらげるほうがいいと、とっさに考えたのだ。

しかし、男は、アリスの姿を目にしたとたん、脱兎《だっと》の勢いで逃げ出した。

「待ちなさい！」

アリスは叫んだが、男を追うことはできなかった。

結花がアリスの腕にとりすがり、その場で泣き崩れたのだ。


ひとしきり泣いた結花は、鼻をすすりながら立ち上がった。アリスは身をかがめ、結花のコートの裾についた汚れをはたいた。

「送っていきますよ」

アリスの申し出に、赤い顔の結花は、拒絶の意思を示した。

「大丈夫です。…迷惑をかけてしまって、ごめんなさい」

結花は、なぜここにアリスがいるのか、といった疑問には頭が回らない様子だ。アリスは比較的、強い調子でたたみかけた。

「送ります。…なにも話していただかなくて結構ですから」

ね、とアリスは念押しし、脱力した結花の背中を抱くようにして地上へ上がった。結花は、抵抗せずにアリスに従った。首を垂れて、とぼとぼと歩く姿は、すっかり疲れはてているように感じられた。

――タクシー乗り場は、どこかしら？

アリスが首を巡らせたとき、ビルの左側の路地から聞き覚えのある声が呼びかけてきた。

「おい、ウサギ!!」

何事かと目を向けると、路肩に停車したワゴン車の窓から、理市が顔を出している。

「天川《てんかわ》さん…!?」

「やっぱりウサギだ。帰るとこなら乗れよ」

理市が、偶然出会った知人のような口調で言った。しかし、彼は、結花の顔も、アリスが結花と一緒にいる事情も知っているはずだ。

――また、なにかたくらんでいるのね…。

アリスは警戒心を抱いたが、結花のことに関しては、理市の協力を得られる約束になっていたことを思い出し、警戒心を捨てきれないままに、調子を合わせることにした。

「友達がいるのよ」

アリスは、結花のことを『友達』と言った。理市は驚いたふうもなく、後部座席を指した。

「じゃあ、友達も一緒に送ってやるよ」

「乗りましょ、結花さん」

アリスは結花の手を引いて、理市のワゴン車に乗り込んだ。結花は、かるい遠慮を示したが、断る気力もないらしく、アリスに従う。

車内は、ゴミひとつなく、きれいに保たれていた。荷物を載せるスペースには、大きな段ボール箱がひとつ、積まれていた。

「友達の家はどこだ？」

ゆるゆると車を発進させて、理市が尋ねる。結花が、小さな声で住所を告げた。

「りょーかい。でも、先に一カ所、荷物の配達に行くからな」

理市の言葉を聞いたアリスは、『古布里』に立ち寄るつもりだろうか、と考えた。


はたして、理市のワゴン車は、島原《しまばら》にある『古布里』の前で停車した。店へと続く石畳張りの通路の前には、毛糸で編んだショールを肩に掛け、なおかつ寒そうに着物の袖《そで》に両手を突っ込んだ真南子が立っていた。

「まいど」

理市が、窓から首を出して、真南子に挨拶した。真南子は、荷物を確認するように車内を覗き、アリスたちに気づいて驚いたような顔をした。

「あら、結花さん。それに、アリスちゃんじゃないの」

「なんだ、古布里さん。この子たちと知り合いか?」

理市が、業者らしく、真南子を店名で呼んだ。真南子は、こくりとうなずいた。

「うちのお客さんたち」

「へえ、これは、なんかごちそうになるチャンス?」

理市がおどけた態度で尋ねると、真南子は業者にたかられる店主よろしく、すこし迷惑そうに顔をゆがめて笑った。

「ぜんざいを作ったとこだけど」

「やったね。ウサギたちも、ごちそうになろうぜ」

そう言うと、理市はアリスたちの返事を待たず、さっさと車から降りていった。

「おいでなさいよ」

真南子に招かれ、アリスたちも車を降りる。

理市は、車の貨物スペースから段ボール箱を下ろし、押しつぶされそうになりながらも、店のほうへと運びはじめた。


アリスと結花は、店の玄関から入り、商品が並べられた板の間の端に落ち着いた。そこには、太い木をくりぬいて作った大型の火鉢《ひばち》が置かれ、火鉢を囲むように座布団が並べられていた。ただし、火鉢には炭は入っておらず、暖房器具は横に置かれた電気ストーブだった。

「商品に、匂いがつくからね」

ぜんざいとお茶を運んできた真南子が、残念そうに言った。店の奥に段ボール箱を運び込み、また板の間に戻ってきた理市は、足を投げ出して座り、足の裏を電気ストーブに向けた。

「こっちのほうが楽だけどな」

「炭火は格別に温かいのよ」

ぜんざいとお茶を火鉢の縁に並べながら、真南子が反論し、アリスたちに微笑みかけた。

「さあ、どうぞ」

――天川さんは、どうする気かしら…？

アリスは、横目で理市の動きを盗み見た。理市はあわてた様子もなく立ち上がり、するすると結花に近づいて膝《ひざ》をかがめた。

「なあ、あんた――」

すっ、と理市が右手を伸ばし、結花の頬に触れた。

その動きは、けっして荒くも忙しなくもなかったが、結花が理市に目を向けかけた瞬間には、もう理市の口が結花の首を掠めていた。

結花の体が、糸の切れた操り人形のように崩れ落ちる。

それを、理市が片手で受け止め、ゆっくりと仰向けに床に寝かせた。

結花の長い髪が床に広がった。

彼女は、完全に昏睡《こんすい》していた。

アリスは、ただ呆気《あっけ》にとられていた。ぽかんと口を開け、理市の動きを見ている。

すると、理市はふいに顔を上げ、真顔で警告を発した。

「見ないほうがいいぞ」

「や…、でも、…その…」

「心配しなくても、暗示をかけるだけだ」

「そ、それでも…!!　…結花さんが…心配」

つまり理市を信用していない、ということだが、理市はその点には触れなかった。アリスと自分のあいだには、もともと信用などない、と考えているのかもしれない。

彼は、ただ小さく鼻を鳴らした。

「後悔しなきゃいいけどな」

「え…?」

困惑するアリスの前で、理市はふたたび身をかがめ、意識を失った結花の耳元で、なにかをささやいた。声は小さく、内容はまったく聞こえなかったが、理市の言葉が終わると同時に、結花がゆっくりと上半身を起こした。

彼女の様子は、あきらかにおかしかった。

自分の状況にも、周囲の様子にも、まったく関心を示さない。

反面、その姿は驚くほど妖艶《ようえん》で美しかった。大きく開かれた瞳は生命の輝きを放ち、くちびるは薔薇《ばら》色に輝いている。長い髪は艶《つや》を増し、肌も白磁のような滑らかさを帯びていた。

――なんなの、これ…⁉

気持ちが悪い、ととっさにアリスは思った。

そこにいるのは、結花であって結花ではなかった。

人間ならざるだれかに作られた、結花の形をした人形のように見えた。

「天か……」

アリスが理市に呼びかけようとしたとき。

結花が、自らカーディガンのボタンを外しはじめた。

ただし、途中までだ。すぐに、その手は、ブラウスのボタンにかかり、こちらも半《なか》ばまで外してしまうと、自らの襟元《えりもと》を左手でつかみ、大きく横に引き開けた。

結花の頭は、右に傾けられていた。

その姿は、まるで理市に首もとを差し出すかのようだ。

理市は、その首もとに顔を寄せ、白い首筋に噛みついた。

ごくり、ごくりと嚥下《えんか》の音が聞こえる。

理市の喉《のど》が上下している。

アリスは、吐き気を感じた。その光景のなにが、と問われても説明はできないが、かすかな恐怖をはらんだ、生理的な強い嫌悪を覚えたのだ。

吸血の行為は、ほどなく終わった。

理市が、拳で口許をぬぐいつつ、結花から離れる。

結花は、すっかり承知している様子で衣服をととのえた。彼女の首には、目を凝らさなければわからない程度の、かすかなピンク色の点が二つ、残っているだけだった。

結花の身支度が終わると、理市はすこし結花から離れ、座ったままの結花に向かって問いを発した。

「あんた、今日の午後六時ごろ、駅裏のリムジンバス乗り場の近くで、だれかを待っていただろう？　なんのために、だれを待っていたんだ？」

アリスは、問いの内容に驚いた。理市は、アリスが考えていたよりも、ずっと正確に事態を把握していたからだ。

結花は、とくに考え込むこともなく、普段と変わりない口調で答えた。

「カラサワという男性を待っていました。…売春をするために」

結局、理市は、あらいざらいを聞きだした。

結花が、母親の虐待《ぎゃくたい》を受けていたこと。育児放棄を受けて、食べるものに困り、コンビニエンスストアのゴミを漁《あさ》っていたこと。そんなとき、美奈子と出会い、援デリをはじめたこと。

結花の口調にはよどみがなかった。

それでも、援デリのことを話すときは、声に暗い影が生じた。無意識に眉をしかめながら話す結花の様子は、目を覆いたくなるほどに痛々しく、この行為によって、どれだけ傷ついているかが顕著に表れていた。

けれども、母親が死に、伯母の家に引き取られたのちの生活は、結花に生きる希望を与えた。放火事件が起こり、美奈子を介して脅迫が行われるまでは。

アリスは、理市を締め上げたい気分になった。そもそも、理市が美奈子から放火を請け負ったりしなければ、結花がこんなに追いつめられることもなかったのだ。

だが、アリスが怒りの声を上げる前に、理市は結花に別の暗示を与えた。彼は、脅迫者が交通事故で死亡して、問題が根本から消えさった、と告げたのだ。

それから、結花の暗示を解いた。

わずか一言で正気に戻った結花は、理市に最初に声をかけられた直前の状態に、なんの違和感もなく戻っていった。

「結花さん…?」

「はい？」

結花が応じた直後、理市が叫んだ。

「このぜんざい、えらくぬるいぞ‼」

「…本当ですね」

ぜんざいの入った椀《わん》に触れ、結花が小さく笑った。

理市は、自分の椀を手にして、さっと立ち上がった。

「ちょっと店長さんに温めてもらってくるわ。ウサギたちは、どうする？」

問われて、結花が先に答えた。

「あ、私はこのままで。猫舌なんです」

「…わたしは、温めてもらいますね」

理市と一緒に行ったほうがいいような気がして、アリスも自分の椀を手に立ち上がった。

理市は台所へは行かず、店の奥へと進んでいく。板戸を開けて廊下を進み、何枚目かの障《しょう》子《じ》を開けると、六畳の和室に大きな段ボール箱が置かれていた。

——天川さんが運んでいた段ボールだわ…。

アリスは、警戒心を丸出しにして、そろそろと段ボール箱に近づいた。

その行動は、正解だった。

ずかずかと箱に歩み寄った理市は、ほい、とかるい掛け声をかけると、箱の側面をきれいに引き破った。

ごろり、と男の体が畳の上に転がった。

アリスは、驚きのあまり声が詰まった。

悲鳴を上げなかったのは、自分ながら最良の反応だった。

「…この人…」

おそるおそる顔を確認すれば、ついぞ一時間前、結花に声をかけていた男だ。男は、先ほど理市に触れられた結花と同じように、完全に意識を失っていた。

「ど、どうして…？」

「捕まえた」

理市があっさりと言い、男の懐からスマートフォンをつかみだした。

ほら、と差し出され、受け取るべきかどうか、アリスは迷う。

なんだよ、と理市が不服そうに言い、男のスマートフォンを操作した。

「あったぞ。出会い系サイトで見つけた相手とのやりとり」

「相手って、だれ…？」

「笛木結花。だが、まあ、警察なら、本当の発信者を特定できるんじゃないの？」

「…それは、そうだけど」

本当に、特定してもいいのだろうか、とアリスは迷う。第一、特定するにしても、アリスが個人で動くわけにはいかない。どうしても、警察内部のだれかの力を借りることになるが、その場合は、結花のことを伏せておくのが困難だった。

仮に、発信者の特定において結花の存在を隠しおおせても、まだその先がある。美奈子、あるいは彼女の関係者が犯人となれば、その動機の解明において、結花の存在もクローズアップされる。もちろん、彼女の過去も、白日のもとに晒されることになるだろう。

――それは、…好ましくないわ。

結花が、自らの体と心を傷つけてまで隠しおおせようとした秘密。それを暴きたてる方向への行動は、アリスにはできかねた。

「…結花さんが話していた月島という脅迫者は――」

「そいつは、美奈子の作り話だと思うぜ。単に共通の知り合いで、いかにもなヤツの名前を使っただけだろう。結花の話によると、美奈子は月島をボコったらしいし、実際にそんなヤツが脅迫してきたら、返り討ちにするはずだ」

「で?」理市が、あっけらかんとした口調で尋ねた。

「捜査しねーの?」

アリスは迷った。かつてないほどに頭を悩ませた。

そして、もう思考を通さずに答えた。

「結花さんの秘密を守るわ」

言い聞かせた。

そう言った瞬間、どっと疲れが湧いた。公僕《こうぼく》たる立場を封印したことで、なにかを失った気がする。同時に、なにかを得たような気もする。けれども、それは錯覚だ、と自分に言い聞かせた。

翌日。

アリスは、京都駅で理市と落ち合い、東京に住む美奈子の家へと向かった。

段取りは、結花を送ったあとの車内で決められた。

暗示を用いて、美奈子から動機を聞きだすのだ、と理市は説明した。そうしなければ、問題は根本から解決しない、とも。

そのとおりだ、とアリスは思った――とても不本意ながら。

新幹線の中で、理市は後ろの座席の人に断ってから座席を倒し、到着のアナウンスが流れるまで、ずっと眠っていた。アリスは、在来線に乗り換えてから、理市に尋ねた。

「やっぱり太陽が苦手だったりするの？」

別に、と窓の外を見ながら理市が答えた。

「夜でも、まったく行動に困らないから、基本は夜行性なのかもしれないけどな。太陽の光にあたって、灰になったりはしない。普通に、日勤の会社員やってるやつもいるくらいだ。でも、真夏の太陽は苦手だな。暑すぎる」

「それは、普通の人間も同じでしょ」

「よかった。おれらは『普通』なんだ」

理市が、にっと笑い、アリスは会話をする気を失った。

もっとも、それは理市の望みにも沿うことだったらしく、美奈子が暮らすマンションに到着するまで、彼はずっと上機嫌だった。

しかし、マンションのエレベータに乗り込む段になって、理市は真剣な面持《おもも》ちで尋ねた。

「一緒に来るのか？　あんた、気持ちが悪いと思っているんだろう？」

「…なにを？」

「おれのお食事」

アリスは、いささかの覚悟をもって肯定した。

「…気持ち悪いわよ。でも、わたしたちが普通にしていることで、あなたたちが気持ち悪いと感じることもあるかもしれないから」

ふうん、と理市が意外そうな声をもらした。

「あんた、おれらとの共存を志《こころざ》してんだ」

でもな、とまた真剣な面持ちになり、理市が忠告する。

「その考えは、捨てることを勧める。螢《けい》は共存派だし、おれは穏健派だが、ぜんぜんそうじゃないやつもいる。そいつらにとっては、あんたらは、ただの食べ物だ」

「…それは怖いわ」

かるい口調で、しかし、真剣な気持ちでアリスは言った。

実際に、理市の行動を見ていると、彼らが人間をはるかに凌駕《りょうが》する、卓越した力を備えていることが実感される。

あの力を駆使して、捕食の対象とされたら、人間には逃れる術《すべ》がない。

アリスは息をついた。直後にエレベータが五階に到着し、二人は美奈子の部屋へ向かった。


美奈子は部屋にいた。

呼び鈴に応じて、玄関に姿を現した美奈子は、左目の周囲をひどく腫《は》らしていた。

「どうしたんですか⁉」

アリスは驚いて、開口一番に尋ねた。

美奈子は、忌々《いまいま》しそうな表情を浮かべつつも、疲れ果てた様子で答えた。

「ちょっとね…。男に殴られたのよ」

「病院には？」

「行ってない。…保険証が切れちゃって」

美奈子は、腫れた左目を細めつつ、アリスと理市を見比べていたが、部屋の中に向かってあごをしゃくった。

「まあ、入りなよ。立って話すの、つらいわ」

美奈子はアリスたちの返事を待たず、部屋の奥に向かって歩きはじめた。

アリスは、理市とうなずきを交わし、中に入った。あいかわらず倉庫のように荷物が積み上げられた廊下を通り、大粒のビーズで作られたのれんをくぐってリビングに入ると、ガラスのテーブルの上に、血のついた脱脂綿やティッシュが小山を築いていた。

「ああ、ごめん。鼻血とかも出たからさ」

美奈子が、それらをつかんで袋に押し込み、ぽいと部屋の隅に放る。

座りなよ、と言われて、アリスたちはテーブルを囲む形で腰を下ろした。スカートをはいているのに、美奈子は片膝《かたひざ》を立てた。

「…で？　チンピラが警察連れて、また借金の取り立て？」

いや、と理市が答えた。

「今日は、あんたが出会い系サイトにアクセスして客を募り、高橋結花に売春させようとした一件で来たんだ」

このストレートな物言いに、アリスはあわてた。

そもそも、なぜ理市が仕切るのか——？

美奈子が、腫れたまぶたの下から、眼光鋭く理市をにらんだ。

「なによ。便利屋。今度は結花の味方なわけ？」

「…別に、だれの味方でもない。ただ、事が大きくなるのは困るんでね」

理市の言葉にくちびるをゆがめ、美奈子はアリスに目を向けた。

「あんたは、なんで来たのよ？　警察でしょ？」

そうだ、とまたも理市が横から答えた。

「高橋結花は、この刑事に相談したんだ」

美奈子が怪訝そうに目を細めた。

「なにを…？」

「援デリのことと、脅迫のことだ」

「…うそ」

美奈子が驚きに目を見開いた。けれども、左目はほとんど開かない。そのせいで、ひどく痛々しい表情になった。

アリスには、理市が何をしたいのか、まったくわからなかった。

理市は、勝手にどんどん話を進めていく。ついには、アリスを指した。

「本当だ。この刑事は、高橋結花の友人だからな」

美奈子が、ふと頼りない表情を浮かべ、小首をかしげた。

「へえ、…ご立派な友人だね。…それで？　結花は、あたしに脅された、と言ったの？」

「いや。…高橋結花は、あんたの名前を口にしなかった」

「はっ、それこそそうだね。でなきゃ、どうして、あんたたちがうちに来るんだよ？」

「高橋結花は、月島等という男に脅されたと話した。だが、結花と待ち合わせをした買春男のスマホを調べたら、あんたの名前が浮上したってわけだ」

淡々と理市が語り、アリスは呆れてしまった。

はったりにも限度がある。結局、アリスは昨晩、男のスマートフォンを調べなかったし、美奈子が自分でアクセスしたという確信も証拠もない。だれか他人の通信ツールを借りていて、それを使ったのなら、鼻で笑われて終わりになるような作り話だった。

しかし、美奈子は笑わなかった。

ふん、と小さく鼻を鳴らし、かすかな苦笑を交えて言った。

「結花が警察に届けるとは思わなかった」

「なぜ、そう思った？」

「…あの子は、援デリをしていたことを、最悪の過去だと考えていたから。…別に、いいじゃん。あたしたちは、ただ食うために働いていただけなんだから」

「…そうだな」

理市が同意した。その表情と声音には、同情も軽蔑《けいべつ》もなかった。

美奈子が、かるく身を乗り出した。

「そうでしょ？　あたしたちは働いていた。同じ歳の連中が、親にたかって、ぬくぬくと生きていたころに、だよ？　それって、すごいことだと思わない？」

「ああ、…すごいな」

理市のうなずきに、美奈子の顔がぱっと輝いた。

けれども、その輝きは、すぐに失われた。

美奈子は、首を垂れ、視線を床に落とした。長い髪が、肩に、足に垂れかかる。髪に包まれた感のある彼女の体は、とても小さくて頼りなく見えた。

「…美奈子さん？」

男に殴られたという傷が痛むのか、とアリスは心配して声をかけた。

その呼びかけに、美奈子は顔を上げず、独り言のようにつぶやいた。

「言わないで、って言ったんだ…。結花は、婚約披露のパーティーのために、京都まで行ったあたしに、援デリのことは言わないで、って。…汚い仕事だから。あのころが、まるごと消えてなくなればいいのに、とも言った。つらいことばかりだったって。…あたしに向かって、そう言ったんだよ」

美奈子の声が湿り気を帯びた。

だが、ふいに顔を上げた美奈子の顔に涙はなかった。

「あたし、腹が立ってさ。だって、あの子には、いい仕事ばかり回していたんだよ？　他の子に危なそうな客がついているときも、ケツをホテルの前で待機させたりしてさ。…取り分も多くしてた。仕事が終わってから、一緒に遊んだりもした。同じところで暮らしていたんだ。…それが、まるごと消えちゃえ、だもんね」

美奈子は、自分が否定されたと感じたのだろう。その怒りが、彼女を理市の店へ向かわせた。

しかし──。

「放火で脅して、売春するように脅迫する。これは、仕返しとしては、かなり悪質ではありませんか?」

アリスの問いに、美奈子は乾いた笑いをこぼした。

「放火で終わりのつもりだったんだよ。…結花をびびらせたかっただけ。けど、事情が変わってね。…金が必要になったんだ」

「なぜですか?」

「あたしの男が、やばい人の車を潰しちゃってね。…七百万円だってさ」

「…それは、その人、…美奈子さんの彼氏が払うべきお金ではありませんか? それに、結花さん一人に売春させたって、七百万も稼ぐには、かなりの時間がかかりますよ」

「…一晩に三人。各二万。それを、あたしが総取り」

それにさ、と美奈子は口許をゆがめる。

「どうせ、もう調べてんだろ? 結花一人じゃないって」

「もちろんだ」

理市が即座にうなずいた。アリスは、なんのことかわからず、反射的に理市をにらんでしまった。

しかし、すっかり流れに乗せられた美奈子は、仔細《しさい》を問い質《ただ》すことをしない。なにもかもをあきらめたように、自ら話を続けた。

「あたしが援デリしてたところ、結花の他にも、三人ほど女の子がいた。そいつらはさ、あたしや結花とちがって、まあまあ普通の家の子だったんだよ。援デリするのも、遊ぶ金欲しさ、ってやつ。だから、周りの人間が援デリのことを知ったらどう思うかな、って連絡してみたんだ。そしたら、全員が百五十万ずつ払ってくれたよ。これで、締めて四百五十万だろ。あたしも、日に二、三人ずつ客をとってるからさ。結花と二人でひと月ほどもがんばれば、彼氏に渡すお金ができるわけ」

アリスは、暗澹《あんたん》たる気持ちになった。

『二人でがんばれば』などという話ではない。

「でも、結花さんには、千五百万円と言いましたよね？」

「そのほうが気合いが入るかと思って」

また、美奈子が乾いた笑いをこぼした。アリスは、美奈子を殴りつけたくなった。美奈子が最初から、残りの二百五十万円を要求していれば、あるいは結花には用意できたかもしれない金額だった。

「どうして——」

そうしなかったのか、と——。

問おうとしたアリスの言葉をさえぎり、理市が言った。

「そんなことしても、結花は戻ってこねえぞ」

「…なによ？　なんのこと？」

美奈子が顔をゆがめた。理市は淡々と指摘した。

「あんた、寂しかったんだろ」

「寂しい？　あたしが⁉」

「そうだ。結花が京都に行って、あんたは一人になった」

「一人じゃないわよ。友達だって、男だっていたわ」

「あんたを金づるにする男か？　そういう男は、寂しい女を見抜く目に長けているからな。それに、援デリのお仲間の中にも、結花ほど親しくできる相手はいなかった」

「…結花とは、変わらずに友達だったわよ」

「ああ、結花は、あんたと付き合い続け、京都に招いたりもした。…あんたも、結花のいい友人でいようと努めたんだろう。おれの店に来たときのあんたは、まあ普通の若い女に見えたよ。がんばって、服や化粧に気を遣《つか》ったんだろう？　結花に恥をかかせないように」

だが――と理市が反駁《はんばく》する。

「あんたは、結花と話をするたび、京都で結花と会うたびに、お互いの距離を感じた。そして、結花と別れ、東京に戻るたびに、自分は一人なのだという孤独を嚙みしめる羽目に陥った。自覚があったのか、それとも、なかったのかは、おれにもわからない。ただ、あんたは、自分にそんな思いをさせる結花を憎んだ。その憎しみは、空のコップにすこしずつ水が溜まっていくように、あんたの中に溜まっていった。そこに、結花の『過去を消したい』という発言だ。それが、あんたの中の憎しみを溢《あふ》れさせる、最後の一滴になったんだ」

「馬鹿じゃないの⁉」

美奈子が吐き捨てた。

「勝手な想像で、わかったようなことを言わないでよ。あたしは、あたしでちゃんと暮らしているんだから」

「じゃあ、結花に頼らず、一人で彼氏の借金を払えよ」

「だから、それは、結花があたしの恩を忘れた罰なんだってば」

「結花は、あんたにどんな恩があるんだ？」

「それは…」

「一緒に援デリをしたことか？　守ってもらったことか？　たしかに、結花は、あんたに恩義を感じていた。だが、それ以上に、友達だと思っていた。あんたは、結花にへりくだることを望んでいるのか？」

美奈子は自分の耳を両手で押さえ、大声でわめきながら首を横に振った。

「ちがう‼　ちがう！」

「あんたが残金の二百五十万を要求していれば、結花はすぐに払ったかもしれない。あんたとちがって、いまは金持ちの娘だからな。ぱっと払って、あんたとは縁切りだ」

「うるさい！」

美奈子が、いきなり両手で拳を握り、テーブルの天板に打ちつけた。

ばん、と大きな音がして、ガラスの天板にひびが入った。

「…ははは。これ、意外と頑丈だぁ…」

ばん、ばん、と美奈子は、なおも二度、拳を打ちつけた。

天板は、三つに割れて床に落ちた。破片は、さほど散らなかった。

美奈子は、涙を流していた。乱れた髪が、頬に垂れかかっている。

「…それで？　…あたしを逮捕するの？」

「そうしてほしいか？」

うん、と美奈子は涙の中でうなずいた。

「そうしたら、もう京《きょう》ちゃんの借金を払わなくていいもん」

「京ちゃんってのは、あんたの男か？　あんたが逮捕されたら、京ちゃんはヤバい人に殺されるかもしれないんだろ?」

「…しかたないよ。もう…」

美奈子は疲れているのだ、とアリスは思った。身を削るようにして支えてきた『彼氏』との関係にも、金策にも疲れ果てている。

あるいは、すでに愛情もないのかもしれない。ただ孤独から逃れたいという気持ち、そして、『彼氏』の暴力だけが、美奈子を『彼氏』と結びつけているのかもしれなかった。

「京ちゃんは、なんて名前なんだ?」

「…相沢京也《あいざわきょうや》」

「そいつを捕まえてやろうか?」

「え…?」

美奈子が首をかしげた。

アリスも、そうしたい気分になった。

しかし、努めて無反応に、理市の話を聞き続けた。もう口をはさむ余地がなかった。彼が、どうやって事態を収拾するつもりなのか、そこにも――ほんのすこし関心があった。

「相沢京也を捕まえてやる、と言ったんだよ。…あんたも、もうわかってんだろ? 自分が、そいつの財布彼女だってことを」

「な…っ!!」

美奈子が瞬時、怒りに顔を赤らめた。

だが、抗議と罵倒《ばとう》の声は、喉の奥に消えた。

彼女は肩を落として、弛緩《しかん》した笑いをこぼした。

それで、と理市が語調をあらためて問うた。

「あんたは、この先も、結花を脅し続けるつもりか？」

ゆるゆると、美奈子が首を横に振った。

本当だろうか、とアリスは疑いを抱く。美奈子の人間性を否定する気はないが、一度は、親友だった結花を傷つけるために奔走《ほんそう》した女性だ。

もしも、いま、手を引くと約束しても。

また、結花の言葉が気に障ったときに。

あるいは、よくない彼氏に、金をせびられたときに。

同じことをしないという保証はない。人間は、そう簡単には変わらない。

けれども、理市は、美奈子を信じることにしたようだった。

「結花には、あんたも脅されていたと伝える。それを信じるかどうかは結花次第だし、そのあと、あんたがどういう行動をとるかも自由だ」

「自由――」

美奈子がつぶやき、弱々しく微笑んだ。

「自由って、なんだろね。ちゃんとした親がいる連中は、何不自由なく暮らしていても、自由が足りないって言う。あたしも、そいつらに比べたら、自由かもしれないって思ってた。…だけど、…本当は、…自由って、重い。運ぶのが大変な荷物みたいに」

「おれも、そう思うよ」

理市が、穏やかに、優しく同意し、両手で自分の膝頭《ひざがしら》を叩いた。

「さて、帰るか。…相沢京也は、きっちりぶち込んでやるからな」

「…ありがとう、…って言っていいのかな」

「いいんじゃないか。礼を言うのは、無料《ただ》だし」

美奈子は、理市の言葉に笑みを深めたが、ふと遠い目をした。

「でも、あんたたちは、結花のために来たんだよね」

「そうだ。…それが不服か？」

「別に。ただ、昔は、結花も頼れる大人がいなくて、あたしと同じだったのにな。いま、あんたたちみたいな人とつながりがある。そういうふうにさ、守ってくれる相手が大勢いる人間には、悪い連中もなかなか手を出さないよね」

「…あんたは、なにかされたか？」

「まあね。中学のときの担任に、『やらせろ』って言われた。そいつが、すごい人気者でさ。他のやつには絶対、こんなこと言わないんだろうな、と思った。だから、やらせてやったけど、隠し撮りして、代金を三十万ほど払わせた。…あれが、いちばん最初だったな」

じゃあね、と美奈子が手を振った。

もう、この話については、あれこれ会話したくない、という意思表示のようだった。

理市は、黙ったまま立ち上がり、玄関に向かった。

アリスも、理市のあとに続いた。


美奈子の家を出た理市は、しばらく無言だった。両手をジャンパーのポケットに突っ込んで、すたすたと歩いていく。

まるで、アリスが見えていないかのようだ。

アリスは、小走りに理市を追いかけたが、声をかけようという気分にはなれなかった。

美奈子のしたことは、最低だ。

けれども。

彼女一人を悪しざまに言う気にもなれない。

美奈子も、結花と同じように、この街でさまよい、社会の狭間《はざま》で生きてきた――。

「おい」

急に足を止めた理市が、振り返って呼びかける。

アリスは、危うく理市の背中にぶつかりそうになった。

理市は、そんなアリスを睥睨《へいげい》し、居丈高《いたけだか》に命じた。

「相沢京也を捕まえさせろ」

「…わたしが？」

「他に、だれがいるんだよ」

あんた、警察官だろ、と言われ、アリスは一瞬、言葉に詰まる。

けれども、黙ってうなずくこともできなかった。

「捕まえさせろと言われても…」

「所轄署《しょかつ》に知り合いくらいいるだろ？　いないんなら、よさそうなところに頭を下げとけ。女を殴って、金をせしめようとするようなやつなんざ、叩けば埃が出るよ」

「そ、それは、そうかもしれないけれど」

口ごもるアリスに、理市は苛立った視線を向ける。

「あんたも働けよ。そもそも、結花を助けたいと頼んできたのは、あんたのほうだろう」

まったくの正論だった。だが、そのせいで、よけいに腹が立った。

「もちろん、できるかぎりのことをするわ。でも、美奈子さんに請け負ったのは、あなたでしょう？」

「ああ、そうだよ。気に入らないなら、いまから美奈子のところへ戻って取り消そうか？」

「ちょ、ちょっと待って。いいわよ、もう。相沢という人を、捕まえられるかどうか、所轄署のほうに頼んでみるわ。…でも、あなたが丸投げするとは思わなかった。美奈子さんにも、暗示をかけなかったし」

「本人が自分でしゃべる気になってんのに、暗示を使ってどうするんだよ。結花を忘れさせるのか？」

「そんなこと、できるの⁉」

アリスは驚いて叫んだ。理市は、がりがりと頭を掻《か》いた。

「完全に消すことはできないけどな。他の記憶と混ぜたり、入れ替えたりはできる」

アリスは、ぞくぞくした。

恐怖だけではなく、かすかに残忍性を帯びた好奇心が生じた気がする。理市の能力を使えば、いろいろなことができるはずだ。

けれども、それはアリスの能力ではない。

そもそも、その能力を使って、いったい何をするつもりなのか――？

「……でも」

「でも？」

「そうしておいたほうがいいんじゃない？　美奈子さんが、また同じことをしないという保証はないわ」

理市は、目を見開いて瞬《またた》きした。

「保証なんか、いらないだろ」

「どうして？」

「…あんた、本気で訊いているのか？　そこまで結花の人生を管理して、どうしようっていうんだ？」

「管理？」

「そうだろ？　結花の前途にある問題を、全部、取り除くなんて不可能だし、…美奈子は誤解したが、結花は美奈子を否定したわけじゃない。美奈子の記憶から結花を消したら、結花は悲しむんじゃないか？　…過去は消すべきじゃないんだ。それが、自分の意思で選んだことならなおさらだ。…たとえ、食うものに困ってのことでもな。その事実を、どうするかは、もう結花が自分で決めることだ」

「そう…ね」

「そうさ」

　まったく、と理市は吐き捨て、ふたたび歩きだす。

「あんた、意外と考え方が黒いな」

エピローグ

馥郁《ふくいく》たる香りを放つ酒をすすると、口中に甘い熱が広がった。アリスは腹の底から息をつき、幸せを嚙《か》みしめた。

平日の『うきくも』は六割の入りだった。アリスは、カウンターの端に片平《かたひら》と並んで座り、念願だった熱燗《あつかん》を飲んでいた。

——おいしい…。

うっとりと目を細め、ふと血を飲むときの理市《りいち》たちは、こんな感覚なのだろうか、と想像する。しかし、アリスにとっての酒は嗜好品《しこうひん》で、理市たちにとっての血は唯一無二の食料なのだ、と思い直した。

あの日。

理市と一緒に東京に行き、美奈子《みなこ》と話した翌朝。

美奈子の彼氏——相沢京也《あいざわきょうや》は逮捕された。

アリスが所轄署《しょかつ》に連絡する必要はなかった。相沢は、詐欺《さぎ》グループの一員として、もう逮捕を目前とした状況に置かれていたのだ。

相沢には、前科があり、余罪もあった。そのため、数年は美奈子から引き離しておけそうだった。

相沢が逮捕された日の夜。

アリスは理市に電話をかけた。不本意だが、相沢が逮捕されたことを、理市に伝えておこうと考えたのだ。

だが、理市は電話に出なかった。

放火犯はまだ捕まっておらず、捜査は継続という名目のもと、未解決のファイルに限りなく近い場所に追いやられている。

アリスは、謹慎のあと、別の放火事件を二件、解決した。

ただし、一件は、別の刑事が担当している事件で、例によって『オカルトちゃん』が発動した結果だったが。

でも、いいわ――とアリスは結論づける。

これまで、『オカルトちゃん』のせいで目にした被害者の苦痛の表情や涙にばかり目が向いていたが、側溝に落ちて骨折した老人は病院に運ばれ、ストーカーに襲われた女性は命が助かった。茂みに引きずり込まれた女性は、すんでのところで強姦《ごうかん》の被害を免れ、誘《ゆう》拐《かい》されかけた男児は、無事に親元へ帰ったのだ。

だから、胸を張っていよう、とアリスは思う。いくら『オカルトちゃん』である自分を厭《いと》うても、他のものにはなれないのだ。

『血を飲む者』として人間の中で生きている理市たちのように。

寂しかったんだろ、とあのとき、理市は美奈子に言った。アリスには想像もつかなかった動機を、やすやすと看破した。

——それは、天川《てんかわ》さんも同じ思いをしたから……？

だが、考えてもわからない。その答えを見つけるには、アリスは理市を知らなすぎる。

アリスは、息をついて、杯《さかずき》の中の酒を飲み干した。

※この作品はフィクションです。実在の人物・団体・事件などにはいっさい関係ありません。

集英社オレンジ文庫をお買い上げいただき、ありがとうございます。
ご意見・ご感想をお待ちしております。

●あて先
〒101-8050　東京都千代田区一ツ橋2-5-10
集英社オレンジ文庫編集部 気付
毛利志生子先生

ソルティ・ブラッド
—狭間の火—

集英社
オレンジ文庫

2015年4月22日　第1刷発行

著　者　毛利志生子
発行者　鈴木晴彦
発行所　株式会社集英社
〒101-8050東京都千代田区一ツ橋2-5-10
電話【編集部】03-3230-6352
【読者係】03-3230-6080
【販売部】03-3230-6393（書店専用）
印刷所　大日本印刷株式会社

※定価はカバーに表示してあります

ISBN 978-4-08-680017-4 C0193